星へ行く船シリーズ 2

A Ship to the Stars series

通りすがりのレイディ

★★

新井素子

Motoko Arai

出版芸術社

目次

通りすがりのレイディ……5

PART I ★ 通りすがりのレイディ 6
PART II ★ 白紙の手紙 33
PART III ★ 通りすがりの森村あゆみ 60
PART IV ★ 逢魔が時のレイディ 92
PART V ★ レイディの背の君 119
PART VI ★ レイディの元背の君 150

PART Ⅶ ★ レイディとの再会 182
PART Ⅷ ★ 死んでしまった森村あゆみ 211
PART Ⅸ ★ 宇宙船のレイディ 244
PART Ⅹ ★ 行ってしまったレイディ 271
中谷広明の決意 …… 295
あとがき 324

装画　大槻香奈
装幀　名和田耕平デザイン事務所

通りすがりのレイディ

PART I

通りすがりのレイディ

も、怒った。あたし、怒った。こんなのってない。こんなのって許せないわよ。

やい、卵！　このっ、卵！　何だってそう素直じゃないの。何であたしが泡立て器持ってると思うの。ひとえに……本当、ひとえに、あなたに泡だって欲しいからでしょ。なのに、こんなあたしの気持ちが判ってるくせに、何だって泡だたないのよ。ほ、ほんとに怒っちゃうからね。あたしが怒ると怖いんだからね、あんた知らないでしょう。あなたが泡だってくれないと、この、ケーキ作製プロジェクト、第一段階でコケてしまうのよ。明日ケーキ持ってってってあげるって約束が……うっうっ、どうしてくれる――なんて、卵おどしても仕方ないか。

六月六日、土曜の夜。あたし、アパートの台所で、卵相手に格闘していた。せまい――いや、広くないって言うべきなのかな、台所。ガスレンジが二つ、オーブン一つ。ちょっと動くと冷蔵庫にぶつかる。そりゃ、まあ、地球のスラムに較べたら、極上のアパートだろうけど、比較的住宅事情の良好な火星のアパートとして見れば中の下くらい。他に、バスとトイレとダイニング兼居間兼応接間とベッドルームつき。家出してきた女の子の一人暮らしアパートとしては、ま、こんなもんでしょう。台所のすぐ脇が、半畳くらいの玄関で、ドアはずっと開けてある。隣のお部屋のれーこさんが、先刻《さっき》お買い物にでかけたから、ついでに生クリーム頼んじゃったんだ。故に、ドア開けてあんの。荷物かかえたれーこさんが、ドア・チャイム鳴らさなくてすむ配慮。

どさどさどさ。

と。唐突《とうとつ》に、背後で物音がした。もう、バタカップめ。心の中で舌打ち一つ。一歳たらずの同居メス猫、バタカップが、またいたずらしてんだろう。

「バタカップ、そのへんの物、さわっちゃ駄目」

ふり返りもせず、命令。と。

「あの……バタカップじゃないんだけど」

何だ。れーこさんか。ふり返る。

「……どうしたの」

で、ふり返って、驚く。れーこさん、何故かあたしのうしろに立ちつくし、呆然と口を開いて、手に持っていた荷物のうちの一つを床にぶちまけていたのだ。何か……とっても、驚いてるみたい。

「あ……あゆみちゃん」

しばらくの沈黙ののち、れーこさんはようやく口を開いた。

「あなた……何してるの、先刻から」

「え？　話さなかった？　ケーキ、作るって。卵泡だててるんだけど……」

ほっ。れーこさんは、何故か安堵のため息をついた。それからあたしに包み渡して。

「はい、生クリーム。……それにしても、良かったわ」

「何が」

宿敵・卵を隅においやると、あたしはれーこさんにお茶を出すべく立ちあがる。

「あなたが、泡立て器とボールをたたき壊してるのかと思ったの……」

ずん。それはないでしょう。

「だって、れーこさんがこうしろって言ったじゃない」

「わたし、泡立て器壊せなんて言った？」

「少したたくようにして、空気をよくいれて泡だてろって」

「あのね、あゆみちゃん。少しって言ったでしょ、少しって。力の加減ってものがあるのよ」

「だってえ。泡だたないんだもん、全然。実にひねくれた良くない卵で」

「そんなに力まかせに泡立て器でボールなぐってたら、もっと泡だたないわよ。かしてごらんなさい」

しゃかしゃかしゃか。いいもん、泡立て器の意地悪。どうせ、れーこさんがやれば素直に泡だつんで……あ。れーこさんがやっても泡だたないや。

「……あれ？　あら？　……ね、あゆみちゃん、この卵、古いんじゃない？」

「あはっ、卵のせいにしちゃ駄目」

二人して顔見あわせて、少し苦笑い。

「……電動泡立て器、買ってこようか？」

☆

この辺で自己紹介しとくね。

あたし、森村《もりむら》あゆみという。今、二十歳と十ヵ月。一年ちょっと前に訳あって家出して、ついでに地球も出てきちゃって、その間ちょっとごたごたあって、最終的には火星にたどりついた。で、そのごたごたの時に知りあった、山崎太一郎《やまさきたいちろう》って人の紹介で、火星にアパートを借り、火星で就職したの。

水沢《みずさわ》総合事務所。これがあたしのつとめ先。総合事務所っていうんだと、何をする処《ところ》なのかよく判んないでしょう。これ、仲間うちでは、やっかいごとよろず引き受け業事務所って呼んでる。やっかいごとよろず引き受け業——一昔前の私立探偵みたいなもの。

でね。この六月をもちまして、あたし、つとめだして約一年になる。最初のうちは、おつかいとか電話番とか税金計算しかやらせてもらえなかったんだけれど、おかげさまで、ようやくこの頃、ちゃんとした仕事をやらせてもらえるようになった。で、今、仕事がおもしろくって仕方ない処。

あたしの隣で、電動泡立て器使って、いとも軽々と卵を泡だてているれーこさん——沢礼子《さわれいこ》——は、アパートのお隣の部屋の住人。でね、へへっ、何をかくそう、あたしの第一の事件の依頼人だったのだ。彼女のかかえたやっかいごとを、何だかんだありながらもあたしが解決しまして。で、彼女、今年の八月に結婚することになってる。ので、目下花嫁修業中。彼氏とデートしては、人の部屋に来て、さんざのろけて帰るという、ひとり者女性の敵。

でね。あたしがそれをうらやましがる度に、この人は言うのだ。

「あら、あゆみちゃんにも、ちゃんと素敵な人がいるじゃない」

確かにあたしにも……その……何というのか、そういう感じの人が、いることはいる。

えー、彼は、山崎太一郎といいまして（例のごたごたの途中で知り合った人であります）、水沢総合事務所一のうできき。（と、本人が言っている。）おまけにハンサム。（と、本人が言っている。ただ、この説は、あまり一般的には認められていない。）明日でもって、二十六歳。年もつりあう。（もうお判りでしょう？　はは……あたし、彼の為に今日、ケーキ焼いているのよね。）でも。

でも、今一つ、はっきりしないのよね。彼があたしの何なのか。

家出して宇宙のどまん中で途方にくれていたあたしをひろって、仕事と家を世話してくれたのは彼だ。そのあとも何かと面倒をみてくれる――だから、判らないのだ。彼は、あたしのことが好きで、で、優しくしてくれるのか。それとも、女の子一人ひろっちゃったっていう、保護者の責任上、優しくしてくれるのか。

それに。そもそもあたし、彼の私生活って何も知らないのよね。独身かって聞いたこともないから、実は家に帰ると奥さんがいたりするのかも知れない。――まあ、これは絶対ないと思うけど。――並みの女の人がついてて、それで彼があんなに汚ない格好していられる訳がないもの。

だから。今日のあたしのバースディ・ケーキって、実は下心つきケーキなのですよ。ケーキ作って持ってってあげるね、なんて口実がなければ、なかなか彼の私生活、のぞけないんだもん。えらく出張がちの人だし――大体あさってからまた出張だ――、人を家に呼ぶってこと滅多にしない人みたいだし。

はてさて一体、太一郎さん、どんな私生活を送っているのでしょう――。

☆

しとしとしとしと。

朝から雨が降っていた。地下鉄から、太一郎さん家《ち》へむかうムービング・ロードにのりかえながら、あたし、自分のドジさ加減をのろってた。たく、本当にあたしのドジ。六月の第一日曜日だったんだ、今日は。えーい、よりによって六月の第一日曜日！

火星の、リトル・トウキョウ・シティでは、雨は年に三回しか降らない。（大体、ドーム都市なんだから、気候は完全に管理されているのよ。）六月の第一・第三日曜日と、九月の第三日曜日。あとは十二月二十四日と一月一日に雪が降るだけ。

水がとっても貴重な資源である火星では、そもそも雨を降らすってこと自体、一種の罪悪なのよ。ただ――ここは、名前がしめすとおり、圧倒的に日本からの移民が多い街だから――故郷をしのんで、六月の梅雨、九月の長雨のまねごとと、ホワイトクリスマス、新年の初雪だけを、気象管理局が作るの。

で！　今日は！　よりによって、その梅雨の日なのだ。たった年に三回しかない雨の日なのだ。雨の日のスポンジケーキだなんて、も、もう、しけっちゃいそうで最悪！

「うっうっ、本当に」

子供達が、雨をめずらしがって遊んでいる様さえ、何だか憎らしくなってきちゃう。地球の東京の梅雨なんて、雨ばっかでじとじとしてて、実に気分悪いんだから。梅雨なんかで遊ばないで欲しいわ。……なんて、やつあたりをのせて流れてゆくムービング・ロード。

えーと、ここが32ストリート分岐だから、次、かな。33ストリート分岐をまがってすぐの白いマンション。そこに太一郎さんは住んでいる筈。

「白いマンション……ねえ」

一所懸命、みまわす。白いマンション――六十八階建てだからすぐ判るって言ってたけど……あ、あれだ、きっと。話では聞いていたけれど、来るのは初めてだから……。

33ストリート分岐の交差点。お、ついたついた。ここでムービング・ロードおりればいい訳で……あれ?

白い、マンション。外装は確か二ヵ月前に塗り直したそうで(お金とられたって太一郎さんぼやいてた)ま新しい白。その、まっ白なマンションの前に、何か黒いものがいるのだ。黒いものが行ったり来たり……。あ、人。だ。マンションにはいってゆくという訳でもなく、かといって立ちさるという訳でもなく、前を意味もなくうろついている人が一人。黒い服の女の人――喪服ね、あれは。喪服を着た女の人が、マンションの前を行きつもどりつしてるんだわ。

それにしても。何というのか、その人……近づけば近づく程、良くみれば良くみる程、美しい。美しい――ううん、言葉が違うや。もっとこう……。

長い、ゆるやかに巻かれた、黒髪。それを、首筋のあたりで細かい三つ編みにまとめて。で、その三つ編みをヘア・バンド代わりにして、さらにその下へと流れてゆく、ストレートの黒髪。うー、こった髪型。

大きくて、意志の強そうな目。何でもうつしてくれそう。それに……何て長いまつ毛。まっ白の肌。身長は、一六三……一六五、かな。いずれにせよ、どっちかというと高め。そしてスタイルは抜群。で、何より、美人じゃないところがまた、いい。

美人じゃない。あ、こう言うと、誤解されちゃうかしら。彼女――二十二、三だろう――の基本的なイメージは、美人というより、かわいいのだ。すごく。美しいことはたしかに美しいんだけれど、それは、近よりがたい美しさじゃなくて、かわいらしさの中に垣間見える美しさ。その上――そのかわいらしさも、小さな子供なんかのかわいらしさとは、全然違う。成熟した女のかわいらしさ。大人の女の、かわいらしさ。

うー、嫌だな。いわれもない、嫉妬心。なるべく、太一郎さんの半径一キロ以内に、あんなかわいい人にいて欲しくない。

と。急に、その喪服の人が、ふり返ったのだ。何だかあたしの意志が通じたみたい。まっすぐにこちらの方を見て。そして、きれいにかたどられた紅い唇から、ちろっとピンクの舌を出す。

「あ……やば」

……何だか、はっきり、そう言ったように聞こえた。あ、やば。とても――彼女の台詞《せりふ》とは思えなくて――何つうのかその、あまり似合わないところが、ぞくぞくする程素敵。

と。とたんに。背後で、何やらくぐもった音。ばすっ。

喪服の女《ひと》は、急に――その音にあわせるように、身をかがめた。身をかがめる――嘘。崩れる。まるで――撃たれたかのように。

ばすっ。あの音は、消音器つきの銃に違いない。彼女は、撃たれたのだ。

そう思うのとほぼ同時にあたしは彼女にむかって駆け出しており――そして、あたしは、好むと好まざるとにかかわらず、やっかいごとのどまん中に身をさらすことになる。

★

「大丈夫ですか」

思わず彼女をゆすろうとして、慌てて気づく。そんなことより、救急車！

「どうしたんです」

背後から、二十五くらいの男の人が、駆け寄ってくる。通りすがりの人かしら。うん、火星の公衆道徳もそれ程おちてはいないいな。

「あの……救急車を……」

あたし、呟く。

「きゅうきゅうしゃ？」

「彼女、誰かに撃たれたらしいんです。早く救急車を」

「それなら、ここから彼女を抱いてムービング・ロードにのっちまった方が早い」

男の人は、彼女の体の下に手をいれ、ちょっと顔をしかめながらも何とか彼女を抱きあげた。

「抱いてって……ムービング・ロードまでは相当距離が」

「大丈夫です、僕が何とかします。それより、この人、撃たれたんですって？」

「はい。あ、警察へはあたしが連絡……」

「いや、僕がやっときますよ。それより、ここが現場なんだから、あなた、ここの状態を保存しといて下さい」

「あ……はい」

思わずこう言っちゃってから考える。こんな何もない道路のどこをどう保存すればいいの？

「あ、一応、あなたのお名前を」

「あの、もり……」

「言っちゃ駄目よ」

森村あゆみ。そう言いかけたとたん、死んだ――あるいは、気絶したと思っていた女の人が口をきいた。

「え？」

彼女、するりと男の手からおりる。

「動かない方がいいですよ」

あたし、思わず叫ぶ。撃たれた女《ひと》が、彼女を病院に運ぼうとする男の手からすり抜ける。何て……あぶない。

「大丈夫」

彼女は、優雅に髪をかきあげると、服のほこりを払った。そして。急に男の手をねじあげたのだ。

「あ、あの」

「うわっ」

死んだ――あるいは、それに近い状態――と思ってた女に腕をねじられ、男、思わず悲鳴をあげ、暴れる。

「あ、駄目、怪我してる女の人に」

そう。腕をねじあげられた痛み故か、男はその女の人の腕の中でひたすら暴れて……。ところが、彼女、一向にそんなことを気にする風でもなく、男の足を払う。思わず坐ってしまった男の腕をさらにねじあげながら、悠然とほほえんで。

「駄目よ」

「え？」

「駄目って言ったの。人のこと、撃っておきながら、助けおこす真似してさらおうなんて、最悪よ」

「撃っておきながら……」

あたし、ぽかんと口をあける。

「わたし、目がついていますもの」

喪服の女は、あざやかに――本当にあざやかに、笑った。

「誰がわたしを撃とうとしたのかくらい、判るわよ。……あなた」

と、あたしを見て、ウインク。

「あなたの角度からじゃ判らなかったでしょうけど、わたしを撃ったのはこの人よ」

ぱちん。長いまつ毛。見事にきれいに――ウインク。

「ねーえ、あなた」

そして、また、例のほほえみをうかべつつ。

「誰に何て頼まれたかは知らないけど、このわたしを殺して、死体を盗もうだなんて、考えが甘いわよ。わたしはそう簡単に殺されてあげるような素直な女じゃありません」

「だって……撃たれた……」

莫迦の一つ覚えのように、あたしは言う。

「うふっ」

女は、またもや笑う。極上のほほえみ。

「この人がわたしを撃とうとしたから、わたし、死んだ真似してあげただけ。Can you understand?」

「あ……はあ」

「そんな――殺し屋さんに、自分の身分をあかすものじゃなくてよ」

喪服の女は、まるであたしに教えさとすかのように言う。

「今度は自分を殺してくれって言うようなものですからね、それは。……ちょっとうるさいわね、この子」

その男の人――殺し屋さん?――は、ねじられている右腕が余程痛いのか、先刻から悲鳴のあげ通しだった。

「ま、いずれにせよ、あなた」

女の人――貴婦人《レイディ》。なんか本当に、そんな気がした。たとえ言葉づかいがあまり上品でなくても、たとえ容姿が、美しい、というより、かわいい、だとしても、彼女は絶対貴婦人《レイディ》だ――は、説いてきかせるが如く、男の人に話しかける。

「可哀想だけどあなた、当分開店休業にしちゃうわ」

「うおー」

ひときわ大きくあがる悲鳴。見ると、女の人の抱えた彼の右手は、まっ白で、まるで血の気がなくなっていた。

「もっとも、あなたを開店休業にするのって、世の為人の為って気もするけど」

ぼきっ。

この台詞と同時に、世にも嫌な音がした。まるで——ううん、たとえなんかじゃない——骨が折れたか、関節がはずれたかのような。そして、男の右手、急にだらんとたれさがる。ついでに男のお腹にストレート一発。

「腕……折っちゃったんですか」

あたし、思わず聞く。だって……こ、こんな貴婦人然とした、筋肉なんてほとんどないたおやかな女の人が、大の男の腕を軽々と折るだなんて……嘘でしょ、おい。

「肩をはずしただけ。殺し屋に命を狙われた女のすることとしては、おとなしい方だと思うわ」

彼女は、何も感じていないかのように、あっさりと言った。

「殺し屋って……あの……」

あたし、呆然と口を開く。殺し屋。命を狙われる。両方とも、お世辞にも一般的とはいえない台詞。

「ごめんなさいね、変なことにまきこんじゃって」

女は、そんなあたしの気持ちをどう思っているのか、いかにも平然と、気絶している男を、ひょいともちあげた。う……わあ。何という莫迦力。

「やだ、驚かないでよ、そんなに。照れちゃうじゃない」

ひょいひょいひょいと、気絶した男の人をムービング・ロードにのせ。

「さ……て。次か、その次の角で、この人の仲間が待っているかと思うと、そう長居もできないわね」

「え……あの……」

「この人が、わたしをかついでゆこうとしたってことは、この近所に仲間がいるってことでしょ」

解説されてしまった。

「じゃね」

「あ……あの」

あきれた。呆然とした。一体全体——いやはやその——何と言ったらいいの。今、あたしの目前で、何が起こったと言えばいいの。

とにかく、呆然とつっ立っているあたしをしりめに、女の人、何もなかったような足どりで——近くに殺し屋さんがいるかも知れないっていうのに、まるであせる様子もみせず——すいすいと歩いて行ってしまう。五、六メートルはなれてから、ひょいとふりかえって。

「ごめんなさいね」

「え？」

「ごめんなさいね、変なことにまきこんじゃって」

それから、ほんの少し唇をすぼめて眉を寄せる。と、急に顔つきが変わって――何ともかわいかった彼女、急に、美しいという方が正しいような、一種の雰囲気をかもしだす。

「あなた、この近くの人？」

「あ……いえ」

「じゃ、この近くの人をたずねてきたのね？　なら、早く、そのたずねる相手の処へ行きなさい」

「あ……あの」

「早くいかないと、危ないわよ。先刻の人の仲間が戻ってきたら、どうするの」

は？　あん？

「あの……あなたは」

「わたしは大丈夫。早く行っちゃって。あなたがここにいる限り、わたし逃げられないじゃない」

……何か……何か、はてしなく良く判らないけれど……狂人を相手にしているか、あるいは映画のワン・シーンを見ているかのような気分。

「ほら……早く」

表情がくもる。目つきがけわしくなる。

「あ……はい」

彼女の語気におされて、思わずあたし、マンションの玄関に一歩踏みこむ。

「あら、そこ……あなた、そこに行こうとしていたの」

「ええ……」

そういえば、この喪服の人は、このマンションにはいろうとして――いや、はいろうともせず、うろうろしてたんだっけ。

「さようなら。御縁があったらまた会いましょうね」

彼女、急に小声になる。――あ。何か、むこうから来るムービング・ロードに人の気配。

かつん。かつん。かつん。

足早にハイヒール、通りすぎて行く。……あ、何だ、あっちのムービング・ロードにのってたの、子供の一団じゃない。もちろん、33ストリート分岐でおりようなんてせず、そのまま流れて行ってしまう。風にのって、少しかん高いざわめき……。

で。結局あたしは、彼女をおいかけるでもなく、彼女のあとを尾けるでもなく、ムービング・ロードにのせられて流れていった殺し屋さんを追うでもなく、呆然と雨の降りこむ玄関先に立ちつくしていた。二十分も。スポンジケーキのことも忘れて。あんまり遅れたんで、気にして窓の外を見た太一郎さんが、あたしを見つけて声をかけてくれるまで。

☆

「おまえ、どうしてたんだよ」

ぐしょぐしょになってしまったスポンジケーキをおいて、あたしがシャワーを借りている間中、太一郎さんは不審そうな顔をしていた。

どうしてたって言えばいいのかな。あたし何とも言いようがなくて……うん、とか、あの、とか言いながらシャワーを使う。

女の人がいて、彼女が撃たれて、わっ大変だってかけよって、したら男の人が手伝いに来てくれて、実はその男の人は彼女を撃った犯人で、で、彼女は実は撃たれてなんかいなくて、その男の人の肩をはずして行ってしまった……。何というか、その……。どう説明したって、信じろって言う方が無理みたいな……これはもう、うーんうーんって言う以外、ないんじゃない？

それに。実はあたし、彼にあの女のことを言いたくない理由が、もう一つ、あったのだ。

信じてくれ、とは言わない――言えない。あたしだって信じたくないわ、こんな莫迦莫迦しいこと。でも――どうしてもあたしの頭からは、あの女の微笑の影がきえなくて……えーい、二十歳のれっきとした女が、二十二、三の女にみとれて——みほれて立っていた、だなんて……ほとんど一目ぼれに近い状態で女を見送ってた、だなんて、あなた、言えますかよ。

あたしが言葉をにごしたものだから、太一郎さん、さらにしつこく追及してくる。

「どうして傘持っててこれだけぬれたんだ？　おまけに……傘、さしてたんだろ」

うん。傘はさしていてもね。ほら、さし方ってものがあるじゃない。風むきにあわせて、多少傘の角度を変えないと。彼女を見送る間中、あたしは傘のことなんてすっかり忘れていて——で、結果として、ぐしょぐしょにぬれてしまった。

「うーむ、これも駄目だな。こっちは一週間洗ってないし……」

あたしがシャワーを使っている間中、太一郎さんはあたしの着換えを探していてくれた。ほら、あたしの服、もう雨でびしょびしょでしょ？　ちょっとそれかわかす間、着るものがいるじゃない。

もっとも、ま、おかげで太一郎さんには絶対彼女がいないってことがよく判ったけどね。だって、この、部屋！　そして、服！　あたしに貸せるようなシャツが一枚もみあたらないっていうの、何よりの証拠じゃない？　ぜえんぶ、洗濯してないもんばっか。

「で、まあ、あゆみちゃんとしては、どうやって俺にこのケーキ、食べろって言うの」

あたし、スポンジケーキについては、実はあまりふれたくない。みるも無残に……ぐちゃぐちゃで。スポンジはもう、果てしなく水を吸っていて、クリームは溶けちゃってる。目もあてられないって、このことだろうな。

「ごめん。生ゴミ持って人の家たずねちゃって」

「いや、いい。……これさ、ラップかけずに電子レンジにつっこんであったためたら、少しはまともになるんじゃないかな」

うーむ。そのかわり、生クリームが全部、完全に溶けるだろうなあ。もう、どっちにしろ生ゴミよ。

「拗《す》ねてないでやってみな。生クリーム溶けたって喰ってやるから」

「いいよ、無理しないで」

「生きて歩く生ゴミ処理機っていうんだ、俺、別名。……せっかく俺の為に作ったんだろ。喰うよ」

「……ありがと」

これなのよ。この、優しさ。これが、好きという感情によって発生するものなのか、それとも保護者の責任によって発生するものなのか、そこのところをあたしは知りたい。

とか何とか言いながらも、あたし、キッチンに行く。ふーん、結構そろってんじゃない。冷蔵庫にトースター、電子レンジにオーブン。フライパンに中華なべに蒸し器に……おたま、フライがえし、種々のおさいばし、計量スプーン、へら……泡立て器、すりこぎとすりばち、包丁が六本、大根おろし……塩、こしょう、砂糖、クローブ、ガーリック、タイム……。

太一郎さん、お料理、できるんだろうか？　これはその……何というか……絶対、独身男性のキッチンではない。相当お料理の得意な——かなり、お料理のレパートリイのある人じゃなきゃ、こんなに雑多な道具、いらないよ。

「……太……一郎、さん？」

「何？」

居間の方から声が聞こえてくる。

「あなた、お料理、できるの？」

「お、何でもできるぜ。昨日はビーフシチューだった……。つっても、全部、あっためるだけの奴だけど」

じゃ、こんな道具、いらないよ。ということは……。

ということは、彼にはお料理のうまい、わざわざ彼の部屋までちょくちょく来てお料理をしてくれるひとがいるってこと。ちょくちょく——いや、そんなもんじゃない。ほぼ毎日のように、だわ。たまに来てくれるだけのひとの為に、オーブンなんかまでそろえること、ない。

そのひと。——その、女《ひと》。急に、先刻の喪服の人のイメージがうかんだ。太一郎さんの彼女。恋人。彼女は、何となく、そのイメージにぴったりの気がする。

「まさかね」

声に出して、言ってみる。

まさか。彼女、あんなにきれいで、あんなにスタイルよくて、背がすらっとしてたもの。はだしだって太一郎さんより三センチくらい高い。靴をはいたら十センチくらい高くなってしまうだろう。のみの夫婦。恋なんて、背の高さでするもんじゃない。それは、判ってる。けど。

「何がまさかって」

「う……ん、別に。……あ」

何となく、言葉をにごして、それから不意に気づく。このキッチン――何かうす汚れてるのよ。

ほこりまみれのオーブンとかおさいばし。さびのついた菜切り包丁。ガーリックのびんのふたに、雪のようにつもった白いほこり。

半年――一年。あるいは、それ以上。

とっても長い間、その女《ひと》はここへ来てはいないんだわ。とっても、長い間。

そうよ、二十六だもん、彼。かつて恋人の一人もいなかった筈がないし――実際、いたんだろう。そして……その人が、こんなにもほこりがつもるにまかせる間、ここに来ていないってことは……別れたんだろうな。別れた――うん、それ以外に考えようがないもんね。

「どうかした訳?」

太一郎さん、キッチンにはいってきて、いぶかし気にあたしの顔をみつめる。

「今日はおまえ、変だぜちょっと」

変にもなるわよ。変なことばっかりおこるんだもの。何とも表現の仕様のない行動をとった喪服の女《ひと》。昔、恋人がいたに違いない太一郎さん。そりゃ、二十六だもの。かつて恋人の一人もいなかったら、そっちの方が異常よ――そう思ってはみたものの。

「気になる？」

あたしが考えに沈んでいたら、ふいに太一郎さんがこう言った。

「何が」

「ふふん。昔、この調理器具を使ってたひとのこと」

「気になんてならないもん」

「嘘つけ。顔にそう書いてある」

「あたしの顔、紙じゃないもん。字が書ける程、のっぺりしてませんよお、だ」

本当は凄く気になるのよね。でも。どうしても素直になれないの。これは性格かしら。

しばらく、妙な沈黙。妙な――何とも形容しがたい。

すごく、聞きたかった、本当は。昔、この調理器具を使っていた女の子の話。でも、聞きたくなかった。俺の恋人。そんな言葉を、太一郎さんが口にするの、どうしても聞きたくなかった。

一方、太一郎さんの方は――何考えてんだか――妙にとぼけた、この状況を楽しんでいるかのような目の色をして。見ようによっては、妙に優しくすら見える……何か、たまんない表情。

「あのね」

ふいに、太一郎さんの表情が変わった。見ようによっては優しく見える、ではない、完全に優しい表情になって。何だろう、あのね、の次にくる言葉。それに対してあたしは身構えて……とたんに。

ちん。

かわいらしい、金属質の音。あ……電子レンジのチャイム。

「ケーキ、見てくる」

次の言葉を聞きたい——聞きたくない。そんな、妙に錯綜《さくそう》した想いが、あたしをして、電子レンジへと走らせた。くるりと太一郎さんに背を向けて、とっとこ電子レンジへと走ってゆき——そして。

あ……思わず、叫んでしまう。

「おおっ。実に見事に生クリームが溶けている」

うーむ。湯気までたって。これで本当に、バースディ・ケーキと言えるんだろうか。

「どう？　少しはかわいた？」

こう聞きながら太一郎さん、くっくと笑って。

「ん……」

あたし、指でそっとケーキつつく。あつっ。

「何とか……なまがわきって感じかな」

「くっくっ……。しかしさ、これ、本当にケーキに対してする会話なのかね……。生がわきのケーキって、何かすごいな」

「ふんっだ。どうせ生ゴミですよおっだ」

「いいよいいよ、喰えるよ充分。いい加減にTVディナーにはあきてたんだ。生がわきバースディ・ケーキっつうのも、ユニークでいいかも知れん」

今までの、妙な緊張が、一気に破れた。その為かどうかは知らないけど——反動で、何とも笑いだしたい気分。

と。太一郎さん、あたしの髪をかきまわす。いつもの調子で、くしゃ。

「俺はもう二十六になっちまったけど、あんたはまだ二十歳《はたち》なんだな……」

「ん?」

「子供だってこと。まだまだ、ね」

六年。そうだね。

あたしが六つ年をとれば、太一郎さんも六つ年をとる。いつまでも決して追いつくことのない、六年という時間。

「そっか。あたしが二十六になると……あ、太一郎さん、三十二かあ。男の三十二っつったら、もう中年ね」

「三十二で中年はひどいと思うけど……女だってそうだろ」

「女の三十二は中年って言わないの。女ざかりっていうの」

二人して、何だか異様にけたけた笑いながら、湯気のたってるケーキを切りわけ。

うん。これでいいよ。まだ早いよ。

太一郎さんの昔の恋人の話にせよ何にせよ。今は、まだ、聞きたくない。二十でこんなこと言ってるの、甘えかも知れないけれど――今は、まだ、子供の領分。ちっちゃな猫みたいにじゃれあっていよう。それに。何つったって、今日は暗い煮つまった話をしに来たんじゃないもん。太一郎さんのバースディ・パーティだもん。

今日で二十六になった太一郎さん。あしたから、また五日くらい出張しちゃって、落ちついてバースディもいわえない太一郎さん。彼が事務所一のできだっていうのは、彼の主張なんだけれど――客観的な事実として、彼が事務所で一番出張ばっかりしてるっていうのは本当。

生がわきバースディ・ケーキは、それでも何とか、おいしかった。

PART Ⅱ

白紙の手紙

う、うわ、遅刻だ！　完全に遅刻だ！

次の日は、信じがたいような悪夢としてはじまった——っていうと、少しおおげさだろうか。とにかく、目がさめてみたら、九時二十九分だったのだ。

あたしのつとめ先——水沢総合事務所は、九時にあく。従ってあたし、遅くても八時半には事務所にいなきゃいけない訳。ここから事務所までは三十分はかかるし——うー。一時間半の遅刻。

みんな、みいんな、あの喪服の女《ひと》がいけないんだからね。意味のない、責任転嫁。とにかく、彼女のおかげであたし、妙な夢ばかりみた。多分そのせいで——目ざましの音に気づかなかったのよ。

ねじりあげられた、立派な体格の男の、血の気を失った白い腕。筋肉なんてどこについているんだろうって感じの、たおやかな女《ひと》。その無邪気な笑い。いたずらっ子をしかるような感じで、いとも軽々と男の肩をはずしてしまったレイディ。全面アップの微笑の印象。とにかく、そんな夢の連続だった。

太一郎さんもいけない。生がわきバースディ・ケーキさかなに、二人でワイン一本あけてしまった。うー、のどがかわく。二日酔。

所長がいなくてよかった。

水沢所長は、遅刻なんて気にするような、せこい人柄ではないんだけれど――ちゃんと仕事をすれば、少しくらいの遅刻は許してくれる人なんだけれど――それでも、今日、所長が太一郎さんと一緒に出張しててよかった。

とにかく必死のいきおいで着換えをし、顔を洗い、自分は朝食抜いても飼ってる猫のバタカップだけにはきちんとミルクと御飯あげ、ばたばた部屋を駆けだす。

あたしがこの日、あと二十分早く事務所についていれば、事件はまるで変わった様相を示す筈だった――そんなことを考えたのは、もっと、ずっと、後の話。

☆

「おはようございまあす！」

リトル・トウキョウ・シティのほぼどまん中のビル街。その中でもひときわ高く――なんかない、かなり古ぼけたビルの三十一階。エレベータおりて左におれると、今時珍しい手であけるドアがある。少し黒ずんだ、厚い木の板――一見木に見える合成樹脂《じゅし》なんかじゃない、れっきとした地球産の木よ――に、白っぽい木の表札。『水沢総合事務所』。ここがあたしのつとめ先。

そのドアを、ばたんと――さながら、破壊するかのようないきおいで開け、あたしは事務所にころげこんだ。

「おはよう、あゆみちゃん。今日はまた……ひどく元気がいいじゃない」

事務所には、麻子《あさこ》さん、中谷《なかたに》君、熊《くま》さんが来ていて――案の定、誰も、ひとっこともあたしを責めたりはしない。だからその……何ていうのか、余計申し訳がなくって。

「す、すみません遅くなっちゃって」

「いいわよ」

麻子さん、にこやかに笑ってる。これはいつものとおり――でも。

でも、どこか、元気がないのだ。元気がない――違うな。哀しそう。

「遅い、あゆみ」

中谷君――この人はあたしと同期にここにはいった。だから、唯一の同輩――がにやって笑う。

「おまえがのほほんと白河で舟こいでる間に、俺達もう一つ、仕事済ましちまったんだぜ」

「え……本当っ、ごめん」

うわあお。恐縮。

「そんなにちぢこまらないで、あゆみちゃん」

少しさみしく笑って麻子さん。

「済ましちゃったってこと、ないんだから。依頼を一つ、引き受けただけ」

「え……。所長のいない間に」

少し驚いた。

何というのか、ここは少し妙なシステムになっていて……所長が趣味でお仕事してる。うん、そんな感じ。

やっかいごとよろず引き受け業。

この通称でも判るように、この事務所、やっかいごとしか引き受けない。それも、個人のレヴェルでは解決できないような、大それたやっかいごとだけ。いくらシステムが一昔前の私立探偵に似てるとはいえ、夫の浮気とか、結婚相手の素行調査なんてことは絶対しない。所長の美意識が許さないいんだって。

それでどうやって経営が成り立っているのかといいますと、ですね、うまくしたもので、大それたやっかいごとを抱えてくる人って、大抵、かなりの大金持ちなのだ。一ヵ月に一件仕事してれば、経理は大体、とんとんになる。

では、所長が留守の間、この事務所は開店休業か、というと、それがそうでもない。経理とか、記録とか、残務処理とかの、いわゆるデスク・ワークはいっぱいあるから。ただ……問題なのは、そんなものしたがる人が殆《ほとん》どいないってことなんだけど。

とにかく、所長の美意識が、仕事選択の基準なんだから……所長の留守に、仕事引き受けるなんて、前代未聞よ。

「ま……仕事の話はあとでするとして。あゆみちゃん、走ってきたんでしょ」

「ええ……一応」

一応遅刻してるんだもの、そのくらいの礼儀はわきまえている。

「じゃ、喉かわかない？」

「あ……はい」

この事務所は、まったく普通の個人の部屋と同じつくりをしていて――早い話、普通のマンションの一室に事務所の看板をあげただけなのよ――キッチンがついてる。麻子さんはそのキッチンの方へ歩いてゆく。

「コーヒー？　お紅茶？　オレンジジュース？　何、飲みたい？」

「えっと……アイス・コーヒー」

で。この会話、何だと思う？　最初にこの事務所に来てあせったの、これなのだ。新入社員のあたしがお茶くみをやるのは麻子さんがいない時だけで――麻子さんがいれば、他の誰もお茶をいれることは許されていない。

あたくし、お茶くみのプロなのよ。

麻子さんはよくこう言うんだけど……ほんっと、そうなのよ。コーヒー豆はつねに三種類くらいあって、麻子ミックスなんてのまであって。こぶ茶、日本茶、グリーンティー。リクエストすればお茶たててくれさえする。そして、麻子さんのお茶は、もう、抜群においしいのだ。あんまり彼女がお茶くみのプロに徹しちゃったものだから、一時期、所長は、本気でここを「喫茶店・水沢」にした方がもうかるんじゃないかって思ったって。

……あ。こういうこと書くと、誤解されちゃうかな。麻子さん――田崎《たざき》麻子は、決してお茶をくむだけがうまいって女性じゃありません。お茶くみは、数ある彼女の特殊技能のうちの一つ。

まず、麻子さんは、うちの事務所の経理、事務の責任者。（早い話、うちの事務所で、多少なりともデスク・ワークに熱意を示すの、彼女しかいない。）日本語、英語、フランス語を、地球風にも火星方言ででもしゃべれる。金星方言も判る。（金星方言の日本語なんて、とても日本語とは思えない程、変化しちゃってんだから。）小型宇宙船のA級ライセンスを持っている。合気道が三段とか言っていた。おまけに優しくて美人で、所長の恋人。

ついでに他の人についても書いとくね。

所長は——結構ハンサムで、三十すぎ。彼についてはこれくらいしか——あ。チェスの火星チャンピオン。とにかく所長、事務所にいる時は、熊さんか太一郎さんとチェスをしている。彼に関する限り、仕事をするっていうのと、チェスをするっていうの、同義じゃないかと思う。

熊さん——熊谷正浩《くまがいまさひろ》は、四十すぎのおじさん。すっごく優しそうな人で、何となく、彼になら何でも話せそうな気がする。結局のところ、それが彼の武器で、世間話をしているうちに、自分のことをあらいざらい彼に話してしまう、ということがよくおこる。そのあまりにも優しい性格故に、商社づとめが肌にあわず、失業している処を所長にひろわれたそうだ。

中谷君——中谷広明《ひろあき》は、あたしと二つ違いかな。彼は情報屋さん。一日あれば、どこからともなく、知りたいこと全部調べてきてくれるという、すばらしい特技を有している。

そして、太一郎さん。山崎太一郎。けんかっぱやくて勘が抜群で、気が短くて皮肉屋で、頭がよくて優しくて、気障《きざ》でだらしなく、何というのかもう——目もあてられない程、自信過剰。ただ、この人の自信って、単に自信があるってだけじゃなくて、本当にそのとおりにしちゃうから凄い。本人も言ってるけど、この事務所一のうできで、この上もなくたよりになる。

と、まあ、こんなところが、あたしの仕事先のメンバー。

かちゃかちゃかちゃかちゃ。

麻子さんがコーヒーカップを洗う音。それを聞きながらあたし、中谷君の方へむきなおる。

「ね……ひきうけた事件って、どういうの」

「う……ん、何て言ったらいいのかなあ……。簡単なような、むずかしいような、訳の判らん依頼だ」

「っていうと？」

中谷君、ちょっと皮肉屋であることをのぞけば、もう、全面的にいい人なんだけど――この癖だけはいただけない。単純なことでも、やたらもってまわった言い方すんの。

「女の子を一人、探して欲しいっていうんだ」

「なあんだ……たずね人か」

それならまるっきり簡単な依頼じゃない。こんなのひきうけたって、所長の意に染むかどうか。

「それがあんまり簡単じゃないんだよな。たずね人の名前も何も判んないの。十九から二十一くらいの間の女の子で髪は肩まで、身長一五五、六センチ、やせぎす、日系一世かあるいはもろ、地球の日本人」

「ヒント……それだけ？」

それならあたしだってあてはまっちゃうよお。少なくとも、その条件にあてはまる人、火星に数百人はいるに違いない。

「いや、あと、かなりはっきりした条件がつくんだ。昨日の午前十一時に、第33ストリート分岐わきのサーティスリーマンションの入り口あたりにいた人っていう奴。サーティスリーマンションって判る？　山崎先輩の家だぜ」

「え⁉」

思わず大声をあげてしまう。

「つまりさ、そのたずね人は、サーティスリーマンションの住人か、そこに知人がいる人なんだ——と思うんだよね」

中谷君は、あたしのあげた声の理由にまるで気づかず続ける。

「これだけ判ってりゃ探すの楽なんだけど……唯一無二の問題は、探す当人以外の誰にも——サーティスリーマンションの住人にも、依頼人がその女の子探してるって事実を気づかれちゃいけないってことなんだ」

あたし、その女の子知ってる。他の誰よりも良く知っている。そんな気が……すごく、する。

「あの……その、依頼人は、その女の子探して、で、どうしようっていうの」

ついつい、自分がどうもその女の子であるらしいって事実を告白する前に、こう聞いてしまう。

「手紙をことづかってるんだよ、その女の子あてに。黒衣の女からだって手紙を渡せば、それですむんだって。……あ、あともう一つ、条件があるんだよね。その女の子を探すのは、あと一週間たってからで……それ以前は、絶対、女の子を探してはいけない」

探してはいけないっつったって……あたし、もうすでにここにいるよ。探すまでもなく、その話を聞いただけで、探される対象が自分だって判ってしまった。……こんな場合、どうすればいいの？

「でね。あともう一つ凄いのは……この件の報酬なんだよね。見る？　これ」

て、小切手渡された。これ……。

「うわぁお！　嘘でしょ」

「どっこい本当。先刻っから麻子さんが悩んでるよ。今年の税金、どうしようって。……これ、去年のうちの事務所の全収入に相当する程の額なんだって？」

あたしだって、経理少しやってた。だから判るわよ。本当にまったく……何て額！

「その小切手、封筒にはいってたのよね。こんなに凄い額だって判ってたら、とても受けとれなかったわ」

麻子さんが右からアイス・コーヒーのカップをさしだしてくれる。

「あの……依頼人の住所は。あたし、返してきます。こんな仕事でこんなにお金もらう訳にいかない」

「おい、あゆみ、それはちょっと過激だよ」

中谷君、何も知らないからそんなこと言えるのよ。あたし、知ってるもん。この件は、もう片づいてる。だって——彼女のたずね人って、他ならぬ、あたし。

「実はね、俺、この金額を、そんなに突拍子もないものだとは思ってないんだ。だって、この件……どうも、妙な——はてしないやっかいごとがからんでるようなんだもの」

「はてしない……やっかいごと?」

「そ。依頼人が、ひょこって口すべらしたんだけど……どうも、ティディアの粉がからんでるみたいなんだ。あんなもんがからんでるなら、この額でも少ないくらいだぜ」

「ティディアの……粉?」

はじめて聞く名前。

「そ。通称、ティディア。ちゃんというと、ティディ・ベアの粉」

「ティディ・ベアの粉……粉に水かけると、ティディ・ベアができるとか……」

「まさか。ティディ・ベアの粉っていうのは、46星域に住んでいる、通称ティディ・ベアっていう一見熊みたいな動物のホルモンか何かの粉末だよ。人間のホルモンに……何だっけ、とにかく何とか作用して、確実に老化を防ぐんだ」

「へえ。不老長寿の薬なんて、あるのね」

「おい、あゆみ、笑いごとじゃないんだぜ。その効果が認められてから急にティディ・ベアの数が減っちゃって……今は彼らの系としてのバランスを崩さない数だけの猟しか許されてないんだ。おまけに、一頭のティディ・ベアからは、一グラムくらいしか粉とれないし……。今、宇宙一高価な薬なんだ、これは」

「成分分析して合成すればいいじゃない」

「それができれば貴重品になんかならないよ。そんなの、何年も前から地球のシンクタンクがやってる……けど、まだ、できない」

「ふうん……」

「ふうんって、感動のうすい子だな、おまえは。ティディアの粉の末端価格、今、どれくらいだか知ってんのかよ」

「知らん」

「だろうな。知ってたら、そんなにのほほんとしていられる訳がない。あれを一〇グラム持ってれば、一生遊んで暮らせるんだぜ」

一生遊んで暮らせる。それ程のお金って、どれくらいのものなのか……あはっ、一般庶民のあたし、とても判んない。

「とにかく、その女の子って、ティディアの粉に何らかの関係のある子なんだ。で、そいつを……」

「ないと思うよ」

あっさり言っちゃうけど、あたし、ティディアの粉、なんて名前聞くの、はじめて。

「ない訳がないだろうが。依頼人がこれ程金つんで探そうとする女の子だぜ」

「だってないんだもん」

「おーおー、あゆみ、いやに確信持ってんなあ。おまえ、こころあたりでもある訳?」

「うん」

あっさり言ってしまう。と、逆に、中谷君が慌てだした。

「うんておまえ……これ、この事務所の、年間所得にあてはまるくらいの額の事件なんだぜ。そう簡単にその女の子のあてがあってたまるか」

「だって……あるんだもん」

も、言っちゃう。どうせ、そういつまでも隠しておけるものじゃあるまいし。

「あてがあるっておまえ……」

「あたし、昨日の十一時頃、太一郎さん家《ち》へ行ったんだもん。そのすべての条件を満たす女の子って……あたし、よ」

がちゃんっ! もの凄い音がした。

いつもは冷静な麻子さん。その麻子さんが何故か、手に持っていたトレイを、床へおとしたのだ。転がるグラス、割れるカップ、こぼれるコーヒー。

「あゆみちゃん……あなた……」

「依頼人って、二十二、三で、身長一六二、三の、すらっと足の長い、美人というか、かわいい人でしょ? どっか気が強そうで、楽天家の雰囲気のある……」

心の中によみがえる、昨日のレイディ、あざやかなほほえみ。

「うん……そうだけど……あゆみ、まさかおまえが……」

中谷君、呆然自失。

「じゃ……何だよ、おまえの仕事ってのは」

「え？」

「おまえ、何する気なんだ」

「何って？」

話が全然判らない。あたしがその女の子だって判っただけで、麻子さんがトレイを床にぶちまけるってのも変だし。

「あのね、その依頼にはもう一つおまけがついてて、この先、その女の子がとある行動をする間の彼女のボディガードもしなきゃいけないんだ」

「あたしの……ボディガード？」

「何でもその女の子、火星の警察権力にすら守ってもらえないような……もの凄いことをするらしいんだけど」

「あたしが……火星の警察におっかけられるようなことを……する？」

「いや、おっかけられるようなことをするんじゃなくて、警察ですら守ってやれないような凄い相手を敵にまわすらしい」

「あた……し、が？　ううん、そんなことより」

もの凄い相手を敵にまわす。その言葉、聞いたとたんに思いだした。昨日のあの女《ひと》——喪服のレイディが依頼人なら……大変だ。彼女の方が、命狙われてる。

「た……大変だわ。麻子さん、この件、あたしにまかせて下さい。あたし、今すぐ依頼人のところへ行きます」

「駄目よ」

まさか止められるとは思っていなかったので、その、麻子さんの禁止の声のするどい語調に驚く。

「だ……駄目って、どうして」

「お願い、ちょっと待って」

麻子さんは、何か凄く悩んでいるような、考えこんでいるような表情で言う。

「太一郎さんが——所長が帰ってくるまで、この件には手をつけないで。あたくしじゃ……あたくしじゃ、判らないの。真樹子《まきこ》さんに対して、どうしてあげたらいいのか」

「だって、あのですね」

「大体、依頼自体、一週間は手をつけちゃいけないって言われてるでしょ。それに……あゆみちゃんが行くのは、絶対駄目。何だか……果てしなく、ことがこじれてしまいそうな気がする……」

「あたしだって、やっかいごとよろず引き受け業のプロのつもりです！　ちゃんと判ってます、もつれた糸をほどくのが仕事だって。これ以上、糸をもつれさせたりなんか、絶対しません！」

「そういう意味じゃなくてね……。この場合、あなたの存在自体がすでにやっかいなのよ。……大体、何で真樹子さんがあなたを探すの」

「それは判んない……けど、たった一つ、はっきり判ってることがあるんです。依頼人が危ない。彼女の方に、ボディガードが必要です」

「どういうこと」

驚く程、まあるく、麻子さん、目を見開く。

「あのね、実は……」

ここであたし、昨日の話をしたんだけれど……その間、何とも変だったのだ。麻子さんと熊さんの態度。あたしが全部話しおえると、熊さんがぼそっとこう言った。

「人の世ってのは、妙な具合にからまっちまうものですな……」

どういうことだろう。麻子さんは呆然自失って感じだし。

そのあとしばらく、沈黙が続く。何やら重たい不気味な沈黙。

「ちょっと、あゆみ」

ついに、たまりかねたのか、中谷君、あたしをつついて立ちあがった。

「ね、ね、麻子さんどうしてた訳?」

二階下の喫茶店にて。あたしと中谷君、さしむかいでお茶を飲んでた。

「ん……。あのさ、彼女、今日の朝一番に依頼人が来てから、ずっと変なんだよね。依頼人――木谷《きたに》真樹子って人」

「てことは……麻子さん、依頼人と……」

「ああ。個人的な知りあいらしい。それも、何つうのかな、昔のお友達とか、そんな単純なもんじゃないみたいなんだ。もっとずっと奇妙な因縁らしい……」

中谷君は、彼の主観もまじえながら、今朝の話をしてくれた。

★

中谷君がくわえ煙草でのんびりと階段を上ってきた時――この人は、健康の為と称してエレベータ使わない――、ドアの前に、一人女の人が立っていた。時に九時三分すぎ。

身長一六三、かな。そして年は二十五だ。美人――かわいい――いい女だなあ。

中谷君はまず、ほけっとこう思って。それから不審がる。彼女、何してんだ？　用があるならはいればいいし、用がないならあんなとこに立ってなくたっていいじゃないか。とにかく、彼女がそこに立っている以上、彼女の前をとおらなければ、中谷君、中にはいれない。仕方ないから声かけて。

「あの……何か用ですか」

女は一瞬、ちょっと驚いて――そして、中谷君見て。

「水沢さん、いらっしゃいます？」

今度は中谷君の方があせる。何だ、所長の知りあいかよ。なら中にはいればいいのに。

「いえ、所長は今出張中で……五日くらいしないと帰ってこないんですが……所長に何か御用ですか」

「ううん、そんなに硬くならなくていいわよ。四年ぶりに火星に来たから、ちょっと水沢さんと奥様にあいさつしとこうと思って」

「奥様？」

水沢さん、独身だろ、おい!?　それとも麻子さんって、愛人だったのか？

「麻子さん。……御存知ない？」

「え……麻子さん、まだ、独身ですよ」

「あら嫌だ、ごめんなさい。てっきりあの二人、もう結婚してると思ったから……。しようがないわね。怒ってやんなくちゃ。あんな素敵な女《ひと》を放っといて、他の男にとられちゃっても知らないわよって」

「あ……はあ」
二十五、取り消し。二十二の俺がまるで子供あつかいされてる。もうちょっと上だぜ、雰囲気は。けど……とてもそれ以上には見えない。
「と、とにかく、麻子さんはいると思いますから、どうぞ、中へ」

中谷君、ドア開けて。照れかくしに——そう。何となく、彼女にみつめられると、赤くなっちまうのだ——大声で叫ぶ。

「麻子さん、お客さん」

「はい……誰?」

事務所には麻子さんと熊さんがいて。中谷君、ひょいと体をよけて、うしろの女の人を前へおしだす。

「え……ま……きこ、さん」

麻子さんの目、まん丸になる。熊さんが息をのんだ。

「こんにちは、麻子さん。熊谷さん。わたしのこと、覚えてて下さった? 木谷真樹子です」

「きたに・まきこ? 御結婚……なさったの」

そのあと、真樹子さんは、一人でいろいろとしゃべった。なつかしいとか、最近火星の物価がどうとか。麻子さんは何故か沈みがちになり……。そして、真樹子さんはとにかく、女の子の行方を探して欲しい旨の依頼をし……。

「判りました」

一応仕事だから事務的な口調になってた麻子さん、ぱたんとノート閉じて。

「ところで真樹子さん、今、どこにいるの」

「ん……自宅はリディア・マタ第三惑星にあるんだけど、滅多に帰らないわね」

「そうじゃなくて、今、火星ではどこにいるの」

「さあ……」

「さあって」

「どこだか聞かない方がいいわよ。多分……ね」

「聞かない方がいいって」

「それにね、わたしにもよく判らないのよ。割とその日暮らしだから」

「その日暮らしって、でも」

更に何か言いかけた麻子さんを、軽く手をふって制す。

「いいんだって。わたし、この事務所を信頼してるのよ。お金だけもらって仕事をしないなんて、絶対、ないでしょ」

「……それはそうだけど」

「で、わたしの依頼っていうの、女の子を探して手紙を渡す、そしてそのあと女の子のボディガードしてあげて欲しいってそれだけでしょ。つまりわたしはあくまでスポンサーであって、それ以上のものではない訳よ。……何か、わたしのアドレスを知っとかなきゃいけない理由ってある？」

「今更？」

「だって……。ほら、所長とか、それにあの……とにかく、連絡を……」

彼女、ほほえむ。何て……微笑。中谷君、背筋に一瞬、電気が走ったのかと思ったって。それ程……魅力的な、あでやかな、美しい……そして、どこか哀し気な微笑。

「それにわたし、誰にもアドレス教えたくないの。壁にも障子にも耳があることだし」

「そんな、少なくともこの事務所内では」

「ううん、あなた方を信じてないって言うんじゃなくて……事が少し大きすぎるのよね。何ていっても、ティディアの粉がからめば、話は何だって大きくなっちゃう」

「ティディアって……ちょっと、真樹子さん！」

追いすがる麻子さんに、にっこり笑いかけて。

「もしも、御縁があったら、また会えるといいわね。水沢さんによろしく」

「よろしくって、ちょっと……」

「あ」

くるりと真樹子さん、ふり返って。

「昨日、驚いちゃった。例によって例の如く、カーテン半開きなんだもの」

とたんに――この台詞を聞いたとたんに、変わる麻子さんの表情。何ともいえない程ショックをうけたような。

「結局、あの人ってはてしなく運がいいのね」

「あの……真樹子さん……あの」

「いいの。もう、とっくの昔の話ですもの。今、もうわたし、子供までいるのよ。一つとちょっとの。……かわいいもんよ、片言で、まあま、だなんて」

「あの……」

「じゃね。今度、本当に縁があったら……子供見にきてよ」

ぱたん。ドアがあいて、真樹子さんが出ていって。ぱたん。またドア閉じて。

その間、中谷君はどうしようもなく――追いすがっていいものなのか、彼女をとめるべきなのか、いや、麻子さんが泣きだしそうだ――ぽけっとその様子を見ていて。やがて、依頼人の靴音が、エレベータの中に消えてしまうと。ようやく、麻子さんは、石像から生身の女に戻った。そして……泣きだして。

一体何がどうなってるんです。彼女は誰なんですか。

中谷君は、当然のことながら、何度もそれを問いただして。ところが、麻子さんも熊さんも、とてもそれに答えられるような状態ではなかった。何を聞いても生返事。

☆

「で、結局彼女——木谷真樹子の正体は判らずじまいだったんだ。何だかうちの事務所と浅からぬ因縁があるみたいだし……でも、麻子さんも熊さんも彼女については何もしゃべんないし……」

「太一郎さんに聞いてみるわ」

よみがえる、昨日の感覚。喪服の女——あの人は、太一郎さんの恋人ってイメージに、ぴったりだった。

「ね、それよかその……依頼人に探されている、当のあたしとしては、凄く気になるんだけれど……その、あたしにあてた封筒って、何？」

「うーん」

中谷君、出ししぶる。

「困ったな、一週間は探しちゃいけないって言われてるんだが」

「でも、探しちゃいけないって、探す前からみつかってる」

「そういう場合どうすればいいんだろう……。まるで想定してなかったからな。ふーむ。あゆみが本当に依頼人が探してる人物なら、遅かれ早かれ手紙見る訳だしな。うーん……」

しばらく、彼、職業モラルって奴と格闘してたみたい。それからおもむろに。

「あのさ、今度の件、俺が担当なんだよ」

「へえ」

「何かとにかく俺にやってくれって。他の連中は全員、ある意味で依頼人と個人的な関係がありすぎて駄目なんだって」

「全員？」

「ああ」

変だな。あたしが、その探されている女の子だってこと、つい先刻までは判んなかった筈なのに、麻子さんそう言いきっちゃったんだろうか。

「という訳で、これをあゆみに見せるもなにも、俺の気分次第なんだよね。でね、客観的にみて、だよ、自分をその人物だって主張している森村あゆみって女の子に、これ、見せていいと思う？」

「うーん」

今度はあたしが、好奇心と職業的モラルとの戦いに悩む。

「あ、でも。やっぱ、絶対見るべきだと思うよ」

ふいに思い出した。

「どうして」

「だって、レイディ——ああ、ごめん、レイディっていうの、あたしが勝手につけた仇名《あだな》なの——あきらかに命狙われてたもん。中谷君だって、あたしのボディガードするよりあんな女の人のボディガードする方が意欲わくでしょ」

「ま……そんな気もする」

「でね、いざ彼女のボディガードをしようったって、彼女のアドレス判んなきゃ、手の打ちようもないじゃない」

「ま……な。けど、手紙に彼女のアドレスがあるかどうか……」

「なきゃ困るわよ。あたし、その、ティディ・ベアの粉とかいうのに対して何やっていいのか、さっぱり判んないもん」

「うーむ」

「きのう、あたしと彼女、先刻話したような感じで、お互いに通りすがったのよね。それだけの縁で、あたしに何か頼みごとをするとはとても思えないけど……そうとでも解釈しないと訳判んないじゃない」

「ああ」

「だとすると、その手紙の中に、本当の依頼ともう一つ……彼女の連絡先みたいなものがはいってると思うんだ」

「うむ。ま……そうだろうな。よし、判ったよ」

中谷君は、もぞもぞと、背広の内ポケットから封筒をとりだした。あたしに渡す。まっ白の、きれいな封筒。左下のすかしの花。かすかにただようかおり。そして――何ともいえない、分厚さ。紙、二けたは絶対はいっている。

きれいにのりづけされていて、御丁寧に〆という字まで書いてある処を、そっとはがす。中には、白い紙が沢山。三つに折ってある。それをそっととりだして広げて――へ？

え？

紙の束――正確には十六枚あった――は、完全な、白紙だった。封筒と同じく、いいかおりがする。そして、左下にすかしの花――でも、それだけ。肝心の、用件にあたるところには、一言一句、何も書かれてはいない。

「何が書いてある」

いきおいこんで、あたしの顔に顔を近づけてくる中谷君に、その紙の束を見せて。彼の表情が、みるみる失望の色に染まってゆくのを感じる。こんな――白紙の手紙なんてもらったって、どうしていいのか判んないよ。

「こんな……莫迦な。彼女、白紙の手紙を渡す為に、あんな莫大なお金、使ったのか？」

「あ……あたしに聞かないでよ」

「けど……お、封筒、もう一回見せてくれ。ひょっとして……ほれ」

中谷君、封筒の内側に一つだけはりついていた、二つ折りの紙片をとりだす。

「これにきっと何か……わ」

中谷君が、あんぐりと口をあけて絶句してしまったので、あたし、慌てて彼から紙をひったくる。

受取人様
まず、そんな文字が目にはいる。

ついで、第一火星銀行、リトル・トウキョウ支店、という文字。ふりだし人の処に、木谷真樹子。

それは、事務所の方に支払われたのとまったく同額の小切手だった。

PART III

通りすがりの

森村あゆみ

「判らん、まったく判らん」

中谷君は、一人でうめいていた。あたしも彼と同意見。

これは、今までうちの事務所にもってこられた様々なやっかいごとの中でも、最上級のやっかいごとではあるまいか。まず、依頼人が何を要求してあんな高額のお金払ったのか全然判らない。でね、依頼人が何をして欲しがってるのか判らないと――もう、まったく、何していいのか判らない。故に……何も、できない。

太一郎さん。

あの人がここにいてくれさえすれば。昨日あたしがあの人にレイディの話、しておけば。そうすれば、ひょっとしたら、話はもっと簡単になったかも知れないのに。

「山崎先輩がいてくれさえすればな」

中谷君が、同様の弱音を吐く。と——急に思い出す、台詞。

半人前って自覚した時から、そいつはもう一人前なんだよ。

これは、あたしの最初の事件の時、太一郎さんの言った台詞。だとすれば。

「太一郎さんだって、はじめっから一人前だった訳じゃないでしょ」

思わず、こう言ってしまう。

「いろんな事件を経るうちに、徐々に今の太一郎さんになった筈よ」

「ま……そうだろうけどさ」

「麻子さんと熊さんが、中谷君にこの事件をまかせたってことは……中谷君、もう、れっきとした一人前に扱われてるってことよね」

「ま……それはそうだろうけどさ」

「だとしたら、そんなとこで、太一郎さんがいないからってぐじぐじしてんの、すごおくみっともないことじゃない」

「ま……それもそうなんだろうけどさ、でも、じゃ、あゆみとしては、何か考えがある訳？どっからこの件に手をつける」

うーん。あたしはまっすぐ中谷君の視線をとらえ、一言一言、自分に言いきかせるようにしゃべった。

「まず……この件で、一番不足しているのは情報よね」

「ああ」

「とすると、一番初めにすべきことは情報収集よ。まず木谷真樹子とは何者か。結婚してるってことは、木谷氏って人がいる筈でしょ？　とすると、木谷氏とは何者か。……どう？　情報屋の中谷君としては、以上のこと、判ると思う？」

最初は、何とも頼りなげな目であたしを見ていた中谷君、段々普段のふてぶてしさをとりもどしてきた。調子がでてきたみたい。

「自宅が、リディア・マタ星系の第三惑星だって言ってたな。あの辺は、第103星系だから……金持ちの別荘地か。とすると、人口は少ないだろうから、何とかなると思うぜ。……すくなくとも、木谷氏の方は」

「OK。それとあと調べられることは……」

「あ。銀行。小切手二枚切ってるだろ。それも、目の玉がとびでてどっか行っちまう程のを二枚。まさかあれだけの現金を銀行に持ってって、小切手化した訳はないと思うんだ。とすると、おそらく火星に口座もってる訳で……。てことは、火星の住所、銀行が知ってんじゃないか？」

「リディア・マタの住所になってるかも知れないじゃない」

「そりゃないよ。だってあれ、バンク・オヴ・ザ・ユニバースのじゃなくて、第一火星銀行のリトル・トウキョウ支店だったぜ」

「あ、そうか……。とすると彼女、火星に来てから火星での口座、ひらいたんだ」

「多分ね」

「ふふん……OK」

あたし、目をまっすぐ前にむけ、軽く唇をなめまわす。

「とすると、何はともあれ、最初のターゲットは決まった訳よ。中谷君、木谷氏のこと。あたし、銀行あたってみる」

立ちあがる。

「お、おい、ちょっと待てよ」

中谷君も、慌てて腰をうかす。

「どこへ行くんだ」

「銀行ってば」

「麻子さんに断らずにか」

所長がいない間は、一応、麻子さんが所長代理なのだ。だから、本来なら絶対彼女に断らなきゃいけないところなんだけど……でも。

「でも……先刻の麻子さんの状態、見たでしょ。何となく、今の彼女にことの次第を話したら……とめられそうな気がしない？」

「うーん、確かに」

中谷君、しばらく考えこんで。

「そうだな。仕方ない、麻子さんの方には、俺が何とか言っとくよ。じゃ。あゆみ、GO」

★

どうあたろうか。少し考えて。

あたしは、リトル・トウキョウ北区へむかうムービング・ロードにのっていた。

突然行って、こちらに口座をひらいている木谷真樹子さんについて教えて下さいって言う。これはあまりに能がないし……多分、教えてくれないだろう。

あたし、木谷真樹子さんと関係のある者なんです。もう、この路線でいくしかない。

とすると、彼女との関係。

元クラスメート。駄目。年がはなれすぎてる。

友達。これも、年の問題があるし。

血縁関係者。うん、これしかないな。かといって、妹みたいな類《たぐい》の、あまり近い血縁関係にするとぼろが出そうだし……めい。これくらいがいいや。

あたしの父が、真樹子さんの兄、と。で、彼女、四年前までは火星にいたんだけど、今の御主人と結婚して……で、その結婚に反対され、かけおち同然に火星を出た。以来消息が判らなかったんだけれど、今日、急にあたしとあたしの妹――つまり彼女のめい二人――に小切手送ってよこした。どうも火星にいるらしい。それを聞いて祖父――つまり彼女の父――が、たまらなく会いたがっている。あの時は強く反対したけれど、今、真樹子がしあわせならばそれでいいと言って。実際祖父は、もう年だし、数年前に大きな病気をやって、以来寝たきりなのだ。もう長くはないかも知れない。ぜひ、一度、会わせてあげたい。

これだけのストーリイを頭の中で作りあげてしまう頃、ようやくムービング・ロードは銀行前についた。

★

「……という訳なんです。何だか本当に……祖父があわれで……」

涙ながらに――知ってた？　あくびを二つ三つかみ殺したり、背筋に意味もなく力いれたりすると、目薬なんか使わなくてもちゃんと泣けるのよ――そのつくり話を訴えると、銀行の人はさすがにあたしに同情してくれた。ちゃんと、木谷真樹子のサインがしてある小切手って小道具もあったし。奥の方の部屋に通され、コーヒーまでだされて。うっ……さすがに少々、罪悪感。

「まことに申し訳ないのですが……」

支店長さん、言いづらそうに目を伏せる。

「どのような事情があっても、そういうことはお教えできないことになっているんです……」

「でも……祖父が……」

ええい、仕方ない。祖父の病気、重くしよう。ひたすら涙ぐむ。

「もう長くはないというの……具体的には、あと一ヵ月くらいなんです。お医者様に、あと一ヵ月が限度でしょうって言われて……。この機会をのがしたら、もう二度とおばさまに会えないかもしれないし……」

と。支店長氏。何やらしばらく考えこんだ。それから、コンピュータの端末たたいてくれた。

「そのような御事情でしたら……父親が死ぬ前に娘に一目会いたいという気持ち、良く判りますし……。判りました。これは特別な場合ですから、お教え致しましょう」

「あ、あの、どうもありがとうございます！」

あたし、思いっきり深く頭をさげる。

「木谷さんの火星における住所は、シン・ホテルの３７０１号室になっております」

「ど……どうもありがとうございます」

再び深々と一礼。

「これでおばさまがみつかりましたら、私共もうこちらには、足をむけて眠れませんわ」

「いえいえ。では、おじいさまをお大切に」

☆

非常に素敵な気分のまま、第一火星銀行を出て。うん、この先、何かあってお金もうけたら、絶対あそこのリトル・トウキョウ支店にいれよう。いい人だったなあ、あの支店長。あんなに、よってたつところがなにわ節で、あんなにいい人、なかなかいないわよ。古きよき時代の日本人だわ。

なんて思っているうちに、ムービング・ロードは、シン・ホテルに向かう。

☆

スクランブル・20の地区案内板の前に立つ。コンピュータの端末をたたいて。シン・ホテルは一応、東区にあるとは思うんだけど……だとすると、スクランブル・20で乗りかえをしなければいけない筈。シン・ホテル——S・H・I・N・H・O・T・E・L。あっはん、やっぱり東区だわ。

東区、11ストリート分岐前。

「シン・ホテルへいらっしゃるのですか」

と。地区表示板の音声サービスが口きいた。

「あ……はい」

思わず音声で答えちゃってから気づく。これじゃ通じないのよね。指でキーボードたたいて。

Y・E・S。

「誠に申し訳ありませんが、シン・ホテルは只今営業を致しておりません。他のホテルをおとり下さいませ。またの御利用をお待ちしております」

「へ？　何で」

慌ててキーボードをたたく。W・H・Y。

「誠に申し訳ありませんが、シン・ホテルは只今営業を致しておりません。他のホテルをおとり下さいませ。またの御利用をお待ちしております」

だあめだ、こりゃ。地区表示板の音声サービスって、あらかじめ録音されてる台詞しか言えないのよね。東区11ストリート分岐前。これだけ判れば、営業してるにせよしてないにせよ、行けることは行ける。

けれど。おかげで、先刻までのうきうき気分はどこかへ行ってしまった。シン・ホテル。結構古い、立派な一流ホテルだったたって記憶している。あんなところが営業中止——ってことは。余程よんどころない事情が介在している筈。そのよんどころない事情のせいで、せっかくたぐりだした一本の糸――木谷真樹子さん、レイディをたぐる糸――が切れてしまうのではなかろうか。そんな予感。
そして。あたしのカンは大抵あたってしまうのだ。

☆

11ストリート分岐前。その一つ前の10ストリート分岐から、シン・ホテルが何故営業していないのか、見てとれてしまった。

三十階くらいから下は、見事な白壁のホテルなのよね。なのに、その上、九十階まで。まっ黒にすすけて……処々、形が、ない。余程ひどい火事に、このホテルがみまわれたことは、まず間違いがないだろう。

入り口の自動ドアの前にたつ。あん……駄目。内側に、〃誠に申し訳ありませんが、当ホテルは火災の復旧工事の為、只今営業致しておりません。またの御利用をお待ちしておりま す〃って札がかかってて、ドア、うんともすんとも動かない。

しかたがないからしばらくそこにたたずんで。そのうち誰か、このホテルの関係者が中にはいってゆくんじゃあるまいか。それだけを心待ちにして。

と。立派な背広を着た人がせかせかとホテルの中から出てくるのが見えた。

「あの」

ずかずか彼に近づいて行って。

「このホテルの方ですか？　私、森村あゆみと申しまして、知人がここにとまっていたのですが」

「……知人？」

「おばです」

先刻の嘘を繰り返す。

「私のおば――木谷真樹子がここにとまっていた筈なんですけれど……私、このホテルにこんな事故があったなんて知らなかったんで……おば、どうしてますでしょう」

「あ……はあ」

背広の人は、いったん何とも表現しようのない顔をして。それから急に営業用の微笑をうかべる。

「それはどうも、さぞかし御心配のことでしょう。……私では、お客様のことはちょっと判りかねますので、どうぞこちら、支配人室の方へ……」

うん。やっぱり、身内って一言は強いなあ。多少良心のとがめを感じながらも、あたし、背広氏についてゆく。

★

「木谷……真樹子さん……はい、確かにうちのお客様です」

支配人氏は、眼鏡の奥で神経質そうな目を何となくきょときょとさせて言う。

「えーと、火災当時は三十七階――最も火勢のはげしい階にいらっしゃいましたが――あ、御安心下さい。無事、助かっていらっしゃいます。えーと……」

ぱらぱらとファイル・ノートをめくる。

「御連絡先は、リリア・ホテルになっていらっしゃいますが……」

何か、困ったような表情。

「確かあそこも何日か前に火事だしたんじゃなかったかな……」

「は？」

「あ、いいえ、リリア・ホテルです」

ふーむ。この支配人氏には、銀行の支店長氏と違って、泣きおとし通じそうにない。とすると、判るのはこの辺までかな。

「どうも」

あたし、今度は軽く一礼して、シン・ホテルを去った。

★

リリア・ホテルに電話してみた。案の定、

「誠に申し訳ありませんが、当ホテルは只今……」ってのが映る。

それにしてもあの支配人さん、もろに人の第六感刺激してくれちゃって。

確かあそこも……かな。

あの表現。もし、事故にあったのが、シン・ホテルと、リリア・ホテルの二つだけならこういう表現にならないんじゃないかしら。ただ、ここ数ヵ月、ホテルの火災なんてニュース、聞いてない。本来相当大きくとりあげられてしかるべきニュースなんだから、それがないということは……。

あたし、さっそく中谷君に電話いれた。こういうことは、やっぱり情報屋さんの仕事でしょう。

ここしばらくの間、ホテルで事故が多発した、というのは、単なる推理どまりかそれとも事実か。事実だとしたら、何故マスコミは、それにふれないのか。そして、その事故にあった時の客のリストに、木谷真樹子の名があるか否か。

☆

夜。あたしは、事務所のそばのお寿司屋さんで、中谷君とむかいあってた。

「木谷氏についてのレポートを読みあげるよ」

中谷君は、レポートを読みつつ、寿司をつまんでいた。

「まず、本名、木谷信明《のぶあき》。今、三十三歳」

「三十三？　真樹子さんが二十三だとすると十歳はなれてる訳？」

「いや、真樹子さん——一応、あゆみに敬意を表してレイディって呼ぼうか——は、二十七だった。六つ違い——まあ、ありきたりの年の差だね。仕事は、いくつかの商社の顧問——何て言ったらいいのかな、占い師みたいなことをしている。ある程度、予知というか、その人の未来を見る力みたいなものを持っているらしい。故に、どこの商社でもひっぱりだこでね。従って、木谷氏は、我々庶民の想像もできない程の大金持ち、と。ただし、宇宙空間における大金持ちって意味だけどね」

「はあ……成程」

ここで、中谷君の台詞の意味を、少し詳しく説明しとくね。地球の大金持ちと宇宙空間における大金持ちとでは、桁《けた》が違うのだ。これだけの人口がいて、よ、あの面積の地球に住めるってこと自体、今では一種の特権なのよね。でね、特権階級が暮らしている星では、当然物価が高くなり——高い物の方がよく売れるって状況が出現する訳。故に、中産階級は地球にすめず、他の惑星に移民する。従って、今、地球に残っているのは、おっそろしい程の大金持ちと、ある程度の金持ち、どうしても地球を捨てる気になれない大貧民。地球程貧富の差が激しい星は他にはない。

……なあんて、ね。これはあとで手にいれた知識。地球にいる時は、あたしもある程度の金持ち（他惑星に行けば大金持ちよ）の娘だったから、こんなこと知らなかったんだけど。

ま、それはさておき、中谷君の説明は続く。

「子供が一人いるね。男の子で一歳と三ヵ月。ただ、父親があんまり家にいないんで、母親——レイディが、連れ歩いているみたいだ」

「連れ、歩く？」

「ああ。レイディの方も、趣味でか何でか知らんけど、殆ど家にいなくてね。しょっちゅう他の星系にでかけてる——大抵、子供抱いて。で、時々子供を親類にあずけて出かけるんだけど、今回はそれみたいだ。……あとね、他に判ったことっていうと、夫婦仲は大変よろしいっていうのが定説らしい。それくらいのもの。他のこと、何も判らなかった……ま、一日じゃね」

「うーん」

「あと、途中からあゆみに聞かれたホテル事故の話ね。それは、警察にいる友達に無理矢理聞いた。やっぱり、報道管制がしかれてるみたいだ」

胸ポケットをさぐって。

「あ、これこれ。これが最近被害にあったホテルのリストだ」

リリア・ホテル。火星第一ホテル。シン・ホテル。火星プリンスホテル。ホテル・バルスーム……。全部、あたしでも名前知ってる——てことは、一流ばかりってこと。

「それから、これがおまちかね、ホテルの客のリスト。赤で印つけてあるとこ、よく見てくれよ」

……多少、予想、というか、期待していたこととはいえ、やはり、あたし、息をのむ。事故にあったそのすべてのホテルに、レイディ、事故当時、とまっている。

「五つのホテルに五つともとまっていたの、俺の調べた限りじゃ、レイディだけだ。……ただ、最後の宿泊地がホテル・バルスームだろ。で、彼女はここでは、死亡者の方にはいってる……つまり、生存を確認されていない訳だ」

中谷君のもってまわった表現に慣れているとはいえ、あたし、ぎょっとする。よもや、彼女——死んでる訳ない。今朝事務所へきたもん。

「もっとも、この事故がおこったのはおとといのことだから、彼女が生きてることは確かなんだけどな」

ほっ。中谷君、あんまりおどかさないでよ。

「けど……ホテル・バルスームは、爆弾でふっとばされちまったんだよね。当然、死亡したと思われてる人の行く先なんて判んないし……」

結局のとこ、レイディをたどる糸は切れちゃってる訳か……あ。でも。

「でも、次に彼女がどこにとまっているか、推測できるんじゃない？」

「何でさ」

「今まで彼女がとまってたとこ、全部一流ホテルじゃない。だから聞いてみるのよ。火星の一流ホテルにかたっぱしから」

「嘘だろ、おい……。そちらに、木谷真樹子さんって人がとまってますかって聞いてまわるのかよ……。んなもん、教えてくれるもんか」

「違うもん」

くすって微笑んで。

「単に、木谷真樹子さんお願いしますって言えばいいのよ。とまってればつないでくれるだろうし、とまってなきゃ、〝すみませんが、お客様にそういう方はいらっしゃいません〟って言われるだけの話でしょ」

「は……まあ、そうだけど」

「ね。電話してみてよ」

「ＯＫ」

ちょうどお寿司を食べおえた中谷君、あがりもまたずに立ちあがる。伝票つかんで。

「あと……」

まだ、坐ったまんま、ショルダーバッグをかきまわして、ティッシュペーパー出そうとしているあたしの方を、何とも言えない、同情に満ちた目つきでながめて。

「これ……やっぱ、言っとかなきゃいけないかな」

「ん、何？」

「あのね……」

大きく息をすって。

「彼女――木谷真樹子さんと、木谷信明氏の間に生まれた一人息子なんだけど、太一郎っていうんだよ」

「え？」

急に親しい名前を聞いたので、ちょっとあせる。

「木谷太一郎。それが、レイディの子供の名前……。これ、ちょっと、意味深だと思わないか」

太一郎。ちょっと、どころじゃなくて、かなり意味深だと思う。そんなにあっちこっちにある名前じゃないし、真樹子さんは時期的にいって太一郎さんを知っている筈。とすると、真樹子さんは意図的に息子に太一郎って名前をつけたってことで……と、いうことは。

この場合、あたしの存在自体がやっかいだって麻子さんの台詞、判るような気がしてきた……。

☆

「はい。9875号室におとまりの木谷真樹子さんですね……ちょっとおまち下さいませ」

フロントの女《ひと》のすずやかな声が聞こえる。あたし達は結構運が良くて、三軒めのホテルで木谷真樹子さん——レイディをつかまえることができた。

「はい、お部屋とつながりました。どうぞ」

OK。このしるしがわりに、あたし、中谷君に指二本たててみせて。

フロント嬢の声にうながされて、あたし、しゃべりだす。

「もしもし」

「はい、木谷です」

電話のあちら側の声は、忘れようったって忘れようのないあの声——男の人の肩を軽くはずして、平然としていた女《ひと》——レイディ。

「あの、あたし、森村あゆみと申しますが……あの、あたしのこと、判ります？」

おわー。何という第一声。あたし電話かけるセンスって……皆無なのね。よく判った。

「森村……あゆみさん？」

案の定レイディは怪訝《けげん》そうな声を出す。

「失礼ですが、どちらの森村さんですか」

「えーと……」

困ってしまった。

「……通りすがりの森村あゆみです」

「通りすがりの森村あゆみ？　……あ。ひょっとして昨日のお嬢さん」

「あ、はい、そうです」

「あら……じゃ、もう水沢事務所から連絡行っちゃったのかしら。……いやね、一週間まって
くれって言ったのに」

「あの……そうじゃなくて……あの、これからうかがってよろしいでしょうか」

「は？」

「二、三、うかがいたいことがあるんです。白紙の手紙もらっても、あたし、困る……」

「困ります」

意外にもきっぱりと、レイディは言った。

「来ないで下さい。困るんです」

「行かなくちゃこっちが困るんです」

「来たらあなたが困るわよ」

「どうせ行かなくても困るんだったら行って困った方がましです」

「……くすっ」

電話のあちら側でレイディ、たまりかねてふきだしたみたい。けれど、次に来た言葉は相も変わらず強い調子。

「いーい、お嬢さん。よくお聞きなさいね。絶対ここに来ちゃいけません。絶対、わたしに会っちゃいけません。わたしに会ったが最後、あなたの命の保証ができなくなるの……」

あたし、彼女の台詞を中途まで聞くと、慌ててメモを走り書く。〝中谷君、すぐ彼女のホテルに行って。放っとくと彼女、また行方くらましちゃいそう〟

「あの……そんなこと言われても」

あたし、時計に目を走らせて。何とか二十分。会話をながびかせよう。中谷君が彼女の処へたどりつくまで。

「もう切るわね。来ちゃ駄目よ」

「あっ、ちょっと待って」

「だ、め。あなた、今、電話口でメモ書いたでしょう？　そんな音がしたわ。近くにいる誰かにわたしをつかまえるよう頼んだんでしょ。そんなことしちゃいけないわ」

心中、舌をまく思い。すごい、この女《ひと》。でも……あたしだって、これでひきさがってあげないもんね。

「駄目です。切らないで。いいですか、あたしと会ってくれないなら、こっちにも考えがあります」

「あら、わたしをおどす気？」

レイディ、心底明るい笑い声をあげる。

「ええ。いいですか、もし、あたしに会ってくれないなら、あっちこっちのたずねびと欄にあなたのこと目一杯投書して……あなたのことを狙っている殺し屋さんに、かねとたいこで宣伝しますよ。森村あゆみって女の子が、木谷真樹子と何か関係あるらしいって。それでも殺し屋さんがあたしを狙ってくれないなら、本当にデパートの屋上か何かで、スピーカー持ってさわぎまくってやる」

「あなたね……」

レイディ、絶句。本当に電話のむこうで笑いまくってる感じ。

「あなたね、もう少し自分を大切になさい。殺し屋に狙われるっていうの、冗談事じゃないんですからね」

「あ……あたしだって、冗談じゃなく、人にまきこまれてだけど、殺し屋さんに狙われたこと、あります。心配しないで下さい」

自慢してしまった。

「殺し屋に狙われたことあるって……」

「これでも、やっかいごとよろず引き受け業事務所につとめて一年めです！　やっかいごとが怖かったら、こんな仕事してません」

「あなた……あそこの人だったの」

「はい、あそこの人です」

　こっちは頭にすっかり血がのぼってるから、自分の台詞の莫迦莫迦しさに気づいていない。レイディは、ひとしきりくすくす笑うと、あらためてこう言った。

「……判ったわ、いらっしゃい。逃げもかくれもしませんからね。そのかわり、条件が一つあるの。あなたの着換えエトセトラ、とまりこみに必要なもの、すべて持っていらっしゃい。仕方ないわ、わたしがあなたのボディガードしてあげる」

「違いますよ。あたしがあなたのボディガードしにいくんです」

「どっちでもいいわよ。とにかく用意していらっしゃい」

☆

　ボストンバッグに一応着換えなどつめこんで。あたしがホテルに到着すると、中谷君、所在なげにロビーで煙草をくゆらしていた。

「どうしたの」

「まいったぜ」

彼、軽く肩をすくめてみせて。

「レイディが依頼人でよかった。俺、あんな女を絶対敵にしたくないよ……。俺ね、十五分でこのホテルについたんだ」

口笛一つ。は……速い。

「速いだろ。ムービング・ロードじゃなくて一般の高速道路つかったから」

ムービング・ロードとメトロがあまりにも発達した火星では、車は殆どない。誰もがタクシーなんて使わないし、車なくったって不便なんてないので……今、高速道路を走っているのは、趣味のマイカー族——つまり、べら棒な金持ちだけである。

「車は……」

「古典的にヒッチハイクなぞした。車運転してたひと、感動してたぜ。今時ヒッチハイクなんて、見るのも聞くのもはじめてだって。でね、予定よりはるかに早く、ホテルに足をふみいれたら……どうしたと思う」

「もってまわった言い方しないで。どうしたの」

「まず、呼び出されちまった。〝お客様の中谷様、お客様の中谷様、フロントまでおこし下さい〟って。で、まあ……俺がここにはいってきたタイミングを計るっつうのも凄いけど……とにかくフロント行くだろ。とね、メッセージがあった訳」

「……何て」

「わたし、あゆみさんに会うことにしました。だから、お部屋に来て頂くのは無用です。M・K」

　M・K。木谷真樹子――まあ、彼女以外からメッセージがあるとは最初から思ってないけど――それにしても凄い。

「で……？　中谷君としては、その一件だけでおそれいっちゃって、ロビーでお茶飲んでる訳？」

「まさか。莫迦にすんなよな。ちゃんと9875号室へ行ってみたよ。したら……木谷さんとは何の関係もない、どっかの老夫婦がいた」

「……え」

　嫌な予感。まさか――レイディ、逃げちゃったんだろうか……まさか。十五分で――そのうち三分くらいは、あきらかにあたしと電話してたから十二分で――荷物まとめてチェックアウトして、かわりに老夫婦をチェックインさせるなんて……できっこないよ。物理的に。

「お客様のお呼び出しを申しあげます。森村あゆみ様、森村あゆみ様、いらっしゃいましたらフロントまで御連絡下さいませ……」

　とたんにはいるアナウンス。あたし、ボストンバッグを抱えて立ちあがった。中谷君に手を振って。

☆

フロントにあった伝言は、9875号室に一人で来てくれという旨のものだった。9875号室――老夫婦がいるんじゃないの。そう思いながらも、九十八階にあがる。

ドア・チャイムをならす。一瞬暗くなる魚眼レンズ。ドアの向こう側で、誰かがあたしを見ている……。

と。ドアがあいた。ドアの内側にいたのは白髪の老婦人。部屋の奥には、こちらに背をむけて新聞読んでる老紳士のうしろ姿。……え？

「あの……」

思わず口ごもる。

「ちゃんとボストンバッグ持ってきたわね。OK」

老婦人は、どういうわけか、すっかりレイディそのものの声でしゃべる。それからウインク。

「わ・た・し。判らない？」

「あ……」

おどろきの余り声もでないあたしを、老婦人に扮したレイディは、部屋にひっぱりこんだ──。

☆

顔を洗う──と。とたんに、消えてなくなるしわ。髪を洗う──と。とたんに黒くなる白髪。服を着換え屈伸する──と。とたんにぴんとなる腰、同時に背が二センチのびた。

それからつかつか老紳士の方に近づいて。わっ！　レイディの手、老紳士の体を通過してしまう。

「立体映像《ホログラフィ》なの。うまくできてるでしょう」

パチン。レイディが電源を切ると、老紳士は唐突に消えた。

「す……すごい」

「ね？」

それにしても……お部屋もすごい。九十八階──最上階のスイート。ここは応接間なのだろうか、十五畳くらいのお部屋。ふかふかじゅうたん、立派なソファと椅子二つ、丸テーブル。あちこちにあるスタンドは全部、多少赤味をおびた光がついており──そして、窓の外。夕暮れ時の、火星の街。

このあたり——南区には、あまり高い建物はない。ムービング・ロード。流れてゆくおもちゃのような人々。高速道路。成程、おもちゃのミニカーって、あれでいいんだわ。あたし、長いこと、あれ、作りものじみてるって思ってた。でも——こうして高いところから眺めると、本物の車の、何と作りものじみてみえること。

東区の高層ビル街に夕陽があたっている。ガラス窓の反射、すこし朱く染まるビル。火星って、実はきれいなんだ。実はこんなにも美しいところなんだ。

初めて——そして、本気で、納得した。美しい火星……。

「ま、おかけなさいよ」

レイディは、ふかふかの椅子の一つに腰をおろしていた。木の丸テーブルにひじついて。

「何か……コーヒーでも飲む？」

「あ……はい」

丸テーブルの上の電話——わ、古典的。ＴＶ電話じゃないわ……あ、そうか、そういえばホテルに掛けた時も映像が出なかった——に指をのばす。白い、指。

「こちらルームナンバー９８７５ですけれど、ポットコーヒー二つお願いします」

それから、あたしの方をむいて。

「ＴＶ電話つかいたかったら、あっちの……窓の方にある電話がそうよ。ほら、入浴中とか、ラフな格好してる、とか、いろいろとＴＶ電話に出たくない時ってあるじゃない。そういう時の為に、ちゃんとしたホテルなら、一応電話二つ用意しておくの。……さて」

また、ほほえむ。無上の……微笑。

「わたしの方の手の内はあかしたわよ。今度は、あなたの方のお話聞かせて。どうやってわたしの居どころを知ったの？」

☆

途中、ルームサービスのポットコーヒーが来て、会話の中断を余儀なくされたけど——話自体は、ひどくスムーズに進んだ。依頼人には必要なことのみを告げよ。推理の過程を話すことはない。この一文を、あたしの頭はすっかり失念していた。

だって。これが理由になるかどうかは判んないんだけど、レイディの手って、本当に白くてふっくらしてるんだもの。白い美しい指が、ポットの取手にまきつく。こぽこぽこぽ……。やわらかな音をたててカップの中にたまってゆく、漆黒のコーヒー。ミルクがコーヒーの上に描くうず。のみこまれそうな黒——そしてレイディの指。かすかにカップのふちにふれる唇。うっすらカップに残る紅の跡。

そう。これが理由になるか否かは別にして、彼女はあまりに美しすぎたのだ。かわいい——美しい。その、理想的な、混淆《こんこう》。彼女を目のまえにおいて——それでも彼女にかくしごとができる人間がいるだなんて、あたし、信じられない。

「ふっふん。事故にあったホテルの線から来た訳。……成程ね」

ソファによりかかり、こころもち高く足を組んで。レイディは視線を宙にはわす。

「なら、もう判るでしょ？　わたしがここにいる限り、このホテルも遠からず事故にあうだろうってこと」

「あの……だって、じゃ、レイディ、あの事故はすべて」

「わたしを狙ったものなんでしょうね。……ところで、レイディって、わたし？」

……あ、しまった。あたし、耳のつけ根まで赤くなってしまう。

「あら、嫌だ、別に怒った訳でも何でもないのよ」

耳は勝手にどんどん赤くなる。ほてっているのが判る、耳。

「やあね、そんな、恐縮しないでよ。困っちゃうじゃない。……でも、仇名としては上等の部類じゃない？　レイディ――Lady だなんて」

違う。違うのだ。あたしが赤くなったの、依頼人を仇名で呼んでることがばれてしまい、で、恐縮してる、なんて理由でじゃない。違うのよ。何ていうのか……。

何ていうのか……表現は、違うよ、でも。

校舎の陰のしげみか何か――とにかく、そばに誰もいない処。そんな処で、とっても親しい女友達に、〇〇君が好きなのって言って……とたんに、近くに彼がいるのを見つける。で、彼が照れもせず怒りもせず、笑ってあたしの気持ちをうけとめてくれた時のような……こそばゆい、というのと少し違う、圧倒的な恥ずかしさをともなう快感。この感情が、一番近いと。自分の心を自己分析して。とたんに気づく。盲目的な想い。

盲目的な――あこがれ。レイディに対する。あたしも、こんな女になりたい。

ううん、そんなんじゃなくて。

あたしが男だったら、絶対彼女にほれただろう。

いや。

たとえ、あたしが女であっても、あたし、彼女にほれてしまいそうな気がする。

今まで、信じられなかったのだ。常に否定してきたのだ。ひとめぼれって現象。その人の顔形だけで――性格も見ずに、相手にほれてしまうって現象。

けれど。今、判った。ひとめぼれっていうの、その人の顔形にほれることじゃないんだ。その人の持つ雰囲気――ううん、そんなもんじゃなくて、もっとあやふやな、その人の内側からにじみでる何かにほれてしまう現象なんだわ。

「……ちょっと、あゆみちゃん、どうしたの」

あたしがあんまり長いこと、赤くなって黙っていたので、レイディ、不審そうにこっちを見る。

「え、あの、ううん、何でも」

思わず口ごもって。やだな、何だか自分が——果てしなく、アブ・ノーマルに思えてきた……。

PART Ⅳ
逢魔が時のレイディ

「駄目です！　絶対駄目！」

暮れなずむ火星の街を背景にして。あたし、レイディと口論していた。

「どうして？　ここのお食事、割といけるのよ」

あろうことかなかろうことか、レイディは——あきらかに命を狙われているというのにレイディは、ホテルのレストランへ食事に出ようだなんて言いだしたのだ。

「いいですか。今、夕暮れ時なんですよ！」

「ええ。だからお夕飯食べようって言ってるんじゃない」

「夕暮れ時だったら、みんな夕飯食べるでしょ！」

「あたり前よ。だからわたし達もお夕飯を食べようって……」

「レストランには人がいっぱいいるんですよ!」

「そりゃそうでしょう」

「殺し屋が交じってても判んないじゃありませんか」

ふう。レイディ、軽くため息をついて肩をすくめた。

「じゃ、あゆみちゃんとしては、わたしはここで飢え死にすべしって言う訳?」

「ルームサービスとればいいじゃないですか、ルームサービス」

「ルームサービス……ねえ」

レイディ、軽く笑って。

「ここは九十八階だわ……。みはらしがいいから、窓、大きく作ってあるでしょう。このテーブルでお食事してたら……たとえば、向かいのビルなんかからの格好の狙撃の的になるでしょうね」

「カ……カーテン閉めますカーテン」

慌ててカーテンにとんでゆく。

「外が暗ければカーテンしまってても、人の位置って結構判るのよね。影がうつるでしょ」

「部屋の電気消します!」

「あのね、あゆみちゃん。いくらわたしが命狙われてるからって、それはないと思うのよね。狙われてる人を部屋にとじこめて、カーテンしめて、電気消して、で、ひねもすじっとさせとくんじゃ……何の為のボディガードなの」

う……それは言える。と、レイディ、あたしの頭にふわりと手をのせた。それから、あたしの髪を軽くくしゃってかきまわして。あ、この癖。太一郎さんと同じ。

「大丈夫よ。あゆみちゃん。この窓の厚さ、よおくごらんなさい。防弾ガラスになってるの。うふっ、ちょっとあなたのことからかってみただけ」

「あ……はあ」

「それにね。もし、レストランで殺し屋さんに出会ったとしても、大丈夫。わたしがちゃんとあなた守ってあげます」

うっうっ……それじゃ逆なのよお。

「さ、行きましょ。おなかすいちゃった」

すたすた歩きだすレイディ。慌ててあたしあとを追いながら、ちょっと考える。一流ホテル。まともな格好さえしていれば、誰でもはいれるし——目立つとこ。何でレイディ、こんなとこにいるんだろう。まるで、殺し屋さんに、狙ってくれって言ってるみたいだ。

でも。不思議と——不審に思いはしても、不安は覚えなかった。何でだろう、この感覚。この人、すごく基本的な雰囲気が太一郎さんに似てる。

太一郎さんより、みためははるかにきれいだ。はるかに上品で、はるかに優しそうで。でも。どこか基本的なところで、この二人、そっくり。

はてしなく、自信過剰の処。そう、それ！　そしてもう一つ。二人共、単に自信だけを持ってるんじゃなくて……この人が大丈夫と言えば本当に大丈夫。過剰な自信を、信頼できる……。

☆

シュリンプ・カクテル。ヴィシソワーズ。舌びらめ。グリーンアスパラのサラダと温野菜。小鹿肉のステーキ。デザートにラズベリーのシャーベット。食後のコーヒー。勿論、ワインつき。

このもの凄いメニューを前に、あたし、何とも言えない感慨にふけっていた。オードブルのシュリンプ・カクテル一人前だけで、あたしの一日分の食費になる。ワインだけで一週間分。小鹿肉のステーキだけで……よそ。

それに、平生《へいぜい》フルコースなんて食べつけないあたしの胃は、舌びらめの途中で一杯になってしまって……うっうっ、勿体ない。せめてグリーンアスパラ。せめてサニーレタス。あんまりお腹にたまんないもんだけでも食べよう……。うっ小鹿肉にまとわりつく、粒状の胡椒《こしょう》つついただけで……もう駄目じゃ。

「あゆみちゃん、どうしたの？　遠慮しないで」

ってね、レイディ。この人は普段、こんな大量の食事して……それでも……。

「あの……レイディ」

「ん？」

「普段、こんないっぱい食べてて、どうして太んないんですか」

聞いちゃってから後悔。失礼かな。

「ふふ、体質かな」

何というらやましい体質だ。と、レイディ、片眉あげて。

「あゆみちゃん、ひょっとしてあなた、ダイエットしてるの？」

「してません。してても、このメニュー見たらやめます。こんな食事、一生の記念に」

「一生の記念ってあなたね……ふふ、それにしても、してないならよかった。駄目よ、まだ二十歳くらいでそんなことしちゃ。体に悪いんだから」

うーん、それはそうかも知れない。でも、これだけ食べて太らない体質の人なら、きっと、ダイエットしたくなる女の子の気持ち、判んないよ。

「あら、そんなことないわよ。わたし、昔は太ってたから……今より十二、三キロ、あったわね」

え？　あ、あたし、今の台詞、口に出して言った？

「表情と視線を見てれば――それと、その人の性格に対する理解と少しばかりの想像力があれば、人の思ってることあてるの、そんなにむずかしくはないのよ。Can you understand?」

「あ……はい」

「でね、思春期のおわりにきたら、急にがくっと体重おちたの。家系らしいわね。いとことおばがそうだったから。……当時はあせったのよ。急に十キロも体重おちたじゃない、腕力ががたって減っちゃって。慌ててトレーニングしなおし」

「トレーニング？」

たおやかな、良家の子女風レイディに全然そぐわない台詞……あ。でも、そうか。この人、自分よりはるかに大きい男の肩、楽にはずしたひとなんだ。

「これでも、昔――四年くらい前までは、水沢事務所一のうできだったんですからね」

あ。どっかで、すっごくよく聞くフレーズ。

「今は太一郎さん――山崎太一郎ってひとが、いっつもそう言ってます」

言っちゃってから気づく。レイディの一人息子――太一郎って名前。

「よく昔はあの人とけんかしたのよ」

そんなあたしの気持ちを知ってか知らずか、レイディ、微笑む。

「どっちが本当の事務所一かって。……そのけんか、いつもどっちが勝ったと思う？」

それは太一郎さんでしょう。そう思っても……口にだせない。

「わ・た・し。あら、意外？　あのね、あの頃はわたし、切り札があったの。ちょっと拗ねてね、ふくれてみせてこう言うの。〝どうしてそんなこと言うの？〟って」

ぷっとほおをふくらますレイディ。か……かあいいっ。

「とね、あの人、絶対折れるの」

あたしが、ほおをふくらませて、太一郎さんにむかって拗ねてみせた処を想像する。彼、折れてくれるだろうか……まさか。あっけにとられた顔して、あたしの額に手をあてるにきまってる。台詞まで判っちゃう。「おまえさん、熱でもあんのか？」

これは、あたしとレイディの〝かわいらしさ〟の差によるものだろうか。多分……違う。想像がついてしまう。

単に、彼の、妹的存在のあたし。

おそらくは、彼の、恋人だったレイディ。

きっと、この差――。

「あゆみちゃん」

重たく沈んでゆきかかるあたしの心に、レイディ、きつい調子の台詞を投げかける。

「どうしても、コーヒー飲みたい？」

へ？　口調と台詞の凄い落差。

「いえ、別に……」

「じゃ、出るわよ」

いつの間にか、レイディの目は、こころもち細くなっていた。そこにあるのは、先刻までのかわいらしさを幻覚と思わせるような——大人の女の顔。

「何で……」

「ここは少し人が多すぎるでしょ。あんまり他人様をまきこみたくないわ」

「え？」

「呆《ほう》けてないで。いらしたわよ、殺し屋さん」

★

レイディの口調は、完全に緊張していた。だからきっと……殺し屋さんがやってきたっていうの、事実なんだろうけど……けど。どこにいる訳？　その、殺し屋さん。あたし、全然、判んないよ。

レイディはきびきびと立ちあがると、コーヒーを運びに来たまま、あっけにとられているボーイさんに軽く手をふる。伝票に素速くサインして。

けれど。殺し屋さん、本当にいるんだろうか。レストランを出て……廊下を歩く。赤い、じゅうたん。足音をすいとってしまう。人の気配はない。

と。

と、急に、レイディ、あたしをおしたおした。あたしの上をとんでゆく……矢？

おしたおされたままに、だらしなく床に横たわったあたしの上を、凜としたレイディの声が通過してゆく。

「また、ずいぶんと古典的な武器じゃなくて?」

また、とんでくる矢。

レイディは、あたしにおおいかぶさるようにして、矢をさけた。

「卑怯よ。姿をあらわしたらいかが」

次の瞬間。あたし、信じられないものを見た。レイディの顔めがけてとんでくる矢。それを空中でつかんだレイディ。そのまま、人差し指と親指をこするようにして。ぴんとたつ、矢。

「出てこないならこないでいいわよ。ほらっ」

ようやくあたしにも見えた。廊下の隅から出ている浅黒い腕、そして弓。その弓を握る手にむかって、レイディ、矢を投げる。矢は、浅黒い手をかすって、とんで行ってしまう。

「まだ射かけてくる? なら、いいわよ」

次の瞬間。あたしは、またもや、信じられないものを見た。

軽々と——本当に軽々と、さながら重力の軛《くびき》をふり捨てたかのようにジャンプするレイディ。浅黒い腕にくいこむ、レイディの白い手。手刀。確か、そういうものだわ。弓をとりおとす浅黒い手。そして……あきらかに、レイディのものではない。悲鳴。

レイディが、その白い手を、同じくまっ白のハンカチーフでぬぐいながらあたしのそばに来るまで、あたしは——ボディガードの筈のあたしは、呆然と赤いじゅうたんの上に横たわっていた。

★

「レイディ、あなた、あの、あなた……」

エレベータにのっかって。軽い重力の変化。耳が少し痛くなる。そんな中で、あたし、ただこのフレーズのみを繰り返していた。

「わたしが……何？」

きょとんとした表情にうかぶ、あどけない笑い。これが本当に——先刻の女？

「あなた、あの、どうして、その」

「どうして何？」

「どうしてそんなに強いんですか」

とても人間の女の強さとは思えなかった。太一郎さんだって、あんなことできるかどうか。

「あっはん。知らなかった？」

レイディ、ウインク。

「わたし、人間の女じゃないのよ」

え……サイボーグか何か？　まさか。

「わたしね、この火星の神様――軍神マルスの生まれかわりなの。だからわたしが火星にいる限り、誰にもまける訳がない」

冗談だ、とは思う。けれど、とても冗談だと言えない気分。

軍神マルス。美の女神アフロディテの愛人。マルスとアフロディテの間に生まれたのが、愛の神エロス。まさしく彼女は――マルスの生まれかわりって称するが如く――美の神アフロディテにも、愛の神エロスにも愛されているに違いない。

二十八階。エレベータがとまった。若い女の人が乗ってくると、三十八階を押す。ドアが閉まり、再び動きだすエレベータ。

「……ふうん」

レイディは、乗ってきた若い女の人の頭のてっぺんからつま先まで、無遠慮に何度も視線をはわす。

「何か？」

あきらかに不快そうな顔をして――まあ、それは当然だと思う――女、レイディを見つめる。

レイディ、軽くほほえんで、髪をかきあげ――え？

髪をかきあげたあと、レイディが何をしたか、あたし、判らなかった。すっと手をおろし、おろししなに女の腕のあたりを軽くさわったような――いや、さわらなかったのかな、単に手がひらひらとそのへんで動いただけかしら——とにかく何となく妙な動作をして。

「ごめんなさい、じろじろ見ちゃって。ただ、わたし、女の人に怪我させたくはないから」

「え?」

「あなたね、こういうものを持って歩くと、転んだ時危ないわよ」

レイディの手には、細身の、何やら美しい彫刻をほどこした、金色の小さなナイフが光っていた。それを見て女の人が慌てて自分の左腕とハンドバッグのすきまを見たってことは……このナイフ、彼女のものってこと。で……殺し屋さんに狙われているレイディと同じエレベータに乗ったただの女の人が偶然むき出しのナイフを持っていたってことは、まずないだろうから……結論。この女《ひと》も、殺し屋さん!

「畜生! この!」

女の人は、とても彼女の風貌に似つかわしくない声をあげると、爪をたててレイディにつかみかかろうとした。レイディ、ひょいと扉の前に立ち。

「それ、女性の言葉づかいとしては、あんまり感心できたものじゃなくてよ」

軽く身をかわす。とたんに扉があき、女の人はもんどりうってエレベータの外へ転がり出た。

「三十八階でございます」

レイディ、そういうとくすっと笑って、転がってる女の人に手を振って。彼女が体勢をととのえる前に、ついっとしまる扉。再びあがりだす、エレベータ。

あたしは……ボディガードの筈のあたしは、呆然と口をあけてこの光景を眺めていた——。

☆

「やあね、本当に」

お部屋につくとレイディ、先程のことをまるで意に介していないかのように、くすくす笑ってみせた。

「たかがホテルの中を歩きまわるだけで、あんなに殺し屋さんに出喰わしちゃうなら……外へ出たらどうなっちゃうかしら」

……何か、楽しんでる感じ。

「きっと、道ゆく人がみんな殺し屋さんよお……。ね、あゆみちゃん、どうしましょ」

「何かレイディ、殺し屋さんに狙われるの、楽しんでるみたいですねえ……」

「あら、判る?」

思わず言ってしまった台詞を、レイディ、しゃらっとうけ流す。のみならず……あら、判る、ですって⁉

「今みたいな夕暮れ時を、逢魔が時っていうのよ。魔に逢う時って書いて。殺し屋さんって、あれ、やっぱり一種の魔みたいなものでしょ。字義ぴったりね、うふ……。でね。逢魔が時っていうの、大禍時《おおまがとき》――大いなるわざわいの時って言葉から転じてできた言葉なの。逢魔が時に会った、わたしと、殺し屋さんと……はたして、わざわいにあうのはどっちでしょ。今、それをかけてる処なの」

すたすた歩いて、窓の近くに行く。窓の外――もう、逢魔が時はおわり、陽は完全におち、一斉に輝き出す、ビルの窓、街灯、ムービング・ロードの表示板の緑の光。

それは――火星の夜景は、何と、似ていたことだろう。宇宙の夜景――満天の星に。そして、その前にすっくと立ってレイディ。

「一応わたしのボディガードをしてくれてるんだから」

レイディの台詞に、あたし、思わず赤くなる。どっちかっつうと……ボディガードしてもらってるの、あたしだ。

「何故わたしがこんなにしつこく命を狙われているのか、そのアウトラインだけ話しとくわね。話は四年前に戻るの。そのころわたしは――当時は月村《つきむら》真樹子っていったんだけど――あなたの事務所の、山崎太一郎の……妻だった」

ある程度、予測していた事実とはいえ、あたし、急に、自分の膝ががくがくしてくるのを感じた。そして。レイディの背後の星々は、急に妖しく輝き出して。今、レイディは、さながら全宇宙の女王であるかの如く、背後の夜景に君臨していた。

☆

四年前。月村真樹子――レイディと、山崎太一郎は、夫婦だった。事実上。ただ、法律上戸籍がはいっていないだけで。法的に夫婦になれなかったのは、何とも単純な理由のせいで――太一郎の本籍が、地球にあったからである。十六の時、ふらっと地球を出て、数年宇宙をさまよい、二十で火星に落ちついた太一郎は、当然本籍を移していなかった。

二人共、形式にこだわる方ではなかったが、それでもそのうち、少し悩みだす。いずれ子供もできるだろうし、その時、両親の名字が違っちゃまずいよなあ。

かくて、太一郎は、実に六年ぶりに帰郷する決心をかためる。妻・真樹子をつれて。

事務所のみんな――といっても、当時は所長と熊さんと麻子さんしかいなかったのだが――も、喜んでくれた。それまで結婚していなかったのが不思議なくらい熱々の所長と麻子さんも、この話でもりあがってしまい、どうせなら二組まとめて式をやっちまおう、なんて話まで出て。太一郎達の仲人は熊さんがひきうけてくれた。

と。ここで話がおわれば、めでたしめでたしなんだけれど――ところが。地球行きのパスポートとりにスペース・コロニーⅣ（火星のすぐ近くのスペース・ステーション）へ行った太一郎、信じられないような事故にあう。

太一郎ののった船が、ふっとばされてしまったのだ。どこかに。

ふっとばされる——それも、爆弾などで破壊されるのより、はるかに無残なふっとばされ方。ワープ寸前の小型船が、つっこんだのだ。太一郎の乗っていた船は見事にこわれ——のみならず、壊れた船体の半分弱は、いずことも知れない空間へ、飛ばされてしまった。

当然乗客は全員死亡。半分になってしまった船体ごとどこかへふっとばされてしまった乗客は、死体すら、存在しなかった。

レイディは、嘆いた。泣いた。身も世もない程に。一週間、部屋にこもって泣き尽くし——

そして、決心する。

仇《かたき》をとるのだ。あの人——太一郎の。

彼は——あの人は——レイディのはじめて愛した男は——家を出る時、いつもと同じように笑って、彼女の髪をくしゃっと手でかきまわしてこう言った。

「夕方までには帰ってくるからな。夕飯、はりきって作っといてくれ。何つったって、正式に結婚しちまうんだもんな。……え、奥さん」

夕方までには帰ってくるからな。……え、奥さん。

食卓では、一週間前にはりきって——それこそ、一世一代の決心ではりきって作った夕飯が腐りだしていた。

許せない。それが誰であろうと——それが何であろうと——あの約束を、反古にさせたもの。

あの事故が——太一郎ののっていた船がどこかへふっとばされた事故が、事故でないことを、彼女は知っていた。ワープしかけた船がつっこんだ？ 冗談じゃないわよ。太陽系内でのワープは——あまりにも多くのスペース・コロニーが存在し、あまりにも多くの船が行き来している為——絶対に禁止されていた。なのに。警察当局ですら、あの事故を深く追及する気配をみせない。

背後に何かいる。何かある。警察権力の介入をこばむ程の何かが。

わたしが——この、月村真樹子が——みずからを軍神マルスの化身《けしん》と称する女が、生涯をかけた敵とするに、相手にとって不足なし。

まず、事故にあった船の乗客名簿を調べた。誰か、いる筈。多少不審がられることを覚悟してまで、単に殺すのでなく、どこかの空間へふっとばしてしまいたいと思われる程の秘密を抱えた、誰かが。誰が狙われているのかが判れば、いつかは、誰がその人物を狙ったのかも判るだろう。

そして。ようやくレイディは、糸を一本、みつけた。

ふっとばされた宇宙船の中に、たった一人、どこをどう探しても身元の判然としない人がいた。秋田《あきた》良三《りょうぞう》という、五十すぎの医者である。

偽名を使って船にのる。このこと自体は、さほど珍しいことではない。しかし、一般に偽名を使うのは、犯罪者とか家出人とか夜逃げをしてきた人達などで、秋田良三は、そのどれでもないようだった。

この人が多分、わたしの求めていた人物だろう。レイディ、そのあと数ヵ月、ひたすら秋田良三のことを調べて。

例の事故があった頃、秋山良という男が、地球で蒸発している。秋山良の外見的特徴は、秋田良三にそっくりだった。

きっとこれだ。レイディ、何とか地球に渡り、秋山良のつとめていたとある組織にもぐりこもうとし――そこで。地球の上流階級の連中とお近づきになっている時に（その組織っていうの、地球の上流階級のものらしい）木谷信明と知りあった。

木谷信明は、いくつかの星系にまたがる大商社の顧問で――そして、はじめて、本当の真樹子を判ってくれた人だった。

「あのね。わたし、実は相当内気で小心だって言ったら……あなた、信じる？　信じないでしょう。そうよね。誰だって信じてくれないわ。ずっとね……家庭環境に問題があったせいで、強がってこなきゃならなかったのよね。虚勢はってね、実際よりもずっと図太くて強いふりして――いつしかみんな、わたしのこと強い女だって思ってくれるようになって……そしたらね、おかしいじゃない、何とかぼろがでないようつくろってるうちに、わたし、本当に強くなっちゃったの。そういう強さって……哀しいわよ。……それにね、わたし、後悔するの嫌なの。何があっても後悔しないことにしてるの。こう言うと、みんな、わたしのこと楽天家だっていうけど……後悔をしないっていうの、場合によっては、後悔するよりずっと辛いことだなんて、誰も思わないのよね」

太一郎さんとレイディは、似たもの同士だった。二人共、同じような信条を持ち、同じように生き、お互いに虚勢をはりながら——いつしか、その虚勢が真実になるよう、二人して成長していった。

木谷信明は、まったく異質な人間だった。それまでずっとぴんとはりつめて生きてきたレイディ、何故か彼の前にでると、すっとくつろいでしまう自分を感じた。木谷は——おそらく、レイディより一まわり大きい人間で、彼女をつつみこみ、くつろがせてしまうということができるようだった。

そして、木谷からレイディへの、ごく自然なプロポーズ。レイディの心はゆれ動いたが……が、彼女には、しとげなければならない復讐があった。レイディは、何も言わずに、木谷の前から去った。

ところが。それでも木谷は彼女をおうことをあきらめなかった。一ヵ月後、ついに彼に居どころをさぐりあてられたレイディ、彼の腕の中ですべてを告白する。昔の夫の復讐のこと。

しばらく木谷は何も言わずに——そして、優しく彼女を抱きしめた。

ごめんなさい。ごめんなさい。ごめんなさい。

何度もレイディは彼にあやまって。わたし、どうしても——あなたが何て言ってくれたって、あの人の復讐を途中でやめる気にはなれない。あの人の復讐がおわるまで、わたし、自分の人生をとめてあるの。あなたのことにせよ、他の何にせよ、あの人の復讐がおわってから考える。

木谷信明は、しばらく黙って、一言だけ聞いた。

「どうしても？」

「どうしても」

「……判った。それなら、とめない。とめないかわりに、手伝ったっていいだろう」

これを聞いて、レイディの方があせった。冗談じゃないわ。わたしには、あなたを危険なことにまきこむ資格も何もない。と。木谷は軽く目を細め――彼は、ESP研究所がのどから手がでる程欲しがっている、数少ないA級ESP保持者のひとりだった――それから、少し唇をあげて、微笑の表情を作る。

「僕は死なないよ。あと、少なくとも、数十年はね。君も、死なないだろう。……相手がね、そんな大物なら、ここ数十年死なない運命を持った相棒と組むのはいい方法だと思わないかい」

思わないわよ。レイディ、必死で反論。死ななくたって、怪我するかも知れない。そんなに優しいこと言わないでよ。甘えたくなっちゃうでしょ。もう、やめて。お願いだから。あなたにはもっといい人がいる筈。

「どうして甘えちゃいけないんだ」

ゆっくり、木谷氏、笑って。

「前々から不思議に思ってた。何で君はそんなにまでして甘えることを否定するんだろうって。今、判った。本当は、ずっと誰かに甘えたくて仕方なかったんだろう。なのに、誰も今まで甘やかしてくれなかった。今まで甘やかしてくれる人がいなかったからって、何も、これからずっと甘えまいとすることもないだろう」

「だって……駄目よ。わたし、本当は凄く弱い女なんだから。一度甘えちゃったら、そのあとずっと甘えきっちゃう」

「ずっと甘えられたって、僕にはそれをささえきれる腕があると思うよ。……それにね。もっと自信をもちなさい。君は、一度人に甘えたくらいで、駄目になってしまうような女じゃない」

そう。その時、レイディは、妙な感動を味わっていたのだ。ずっと強がってきた。最初は意味もなく、ついで、強がりを本物にする為に。そして、今。僕の前では強がらなくていい。そう言ってくれる人があらわれて――そうしたら。

強い思いがわきあがってきたのだ。

わたし、この人が甘やかしてくれるだけの価値のある女になりたい。この人にふさわしい女になりたい。

「おいで。一緒に地球へ帰って、昔の旦那のとむらい合戦、しあげようじゃないか。……今まで君が誰にも甘えられなかった分も含めて、思いっきり、甘やかしてあげる」

そして。レイディは、彼に甘えることにして……姓が、変わった。

そのあと、二年と半。木谷信明は、成程当人が言うように実に有能なパートナーで……ついに、レイディは、敵の正体と動機と証拠を手にいれた。と、同時に。

およそ、この世の中で最もおそろしい情景を見てしまったのだ。

太一郎と同じ船にのりあわせ、命を狙われ――そしてふきとばされた医師、秋田良三。彼も、おそらく、この光景を見たに違いない。それ故、敵は――他の、何の関係もない乗客をまきぞえにしてまで、秋田良三をふっとばしたのだ。

ことは、昔の夫の復讐などというレヴェルの問題ではなくなった。レイディの見た――そして知った光景は、人間として、知的生命体として、決して許せないものだった。

レイディ達は追われだした。ありとあらゆる権力を行使できる力に。警察も、法律も、もはや彼女を守ってはくれない。

しかし、彼女は、このまま死ぬわけにいかないのだ。何としてでも、彼女が知り得た事実を、そしてその証拠を、全人類の前に公開しなければいけない。それが彼女の、人間としてのつとめだ。

ところが、公的権力は、彼女の訴えをとりあげてくれない。どこか、はてしなく上から圧力がかかるのだ。かといって、第三者に彼女が知ったことを伝える訳にもいかない。それを知った第三者は、確実に、殺されるだろう。

彼女は、何とか地球を逃げ出した。そして、たどりつく。

火星に。

最も早く、地球から独立した星。地球の権力が、最もおよびにくい星。

★

「それでも結局、事態はたいして好転してないのよね。わたしのいたホテルの数々の事故一つも報道されてないでしょ。全部、どこか上でおさえられちゃうのよ。だからわたし、こうしてかけている訳。わたしがたびたび襲われるでしょ。あまりにもたびたび、あっちこっちで事故がおこって、それがすべてマスコミに握りつぶされちゃえば、いつかは一般大衆が不審がるかも知れない。それまで、わたしが生きていれば、大禍時にあうのは、敵、よ。それまでにわたしが殺されてしまえば、わたしが大禍時につかまったって訳」

「だってそんな……」

あまりにも無謀なかけ。それに。

「それにレイディ、肝心の敵の正体とか、そのおそろしい事実については、一言も話してくれてないじゃないですか」

「それを知ったら、おそらくあなたの命もなくなるわよ」

「ここまで聞いちゃったら、もう、同じです」

「でも、駄目」

レイディ、優しく首を振る。

「わたし、この手であなたを殺すことになっちゃうもの——それをしゃべったら」

「でも」

言いかけてあたしの舌は、途中で凍る。何という表情。

レイディの目は、凛と、前方をみつめていた。前方——でも、駄目、と言ったあとで彼女は窓の外に体のむきをかえており——ガラス窓にうつる顔。それは、非常に強い意志をたたえた顔で——ありとあらゆる言葉をつくしても、彼女の決心をひるがえすことはできないだろう。

「太一郎……あのひと」

ふいに、レイディは、ぼそっと言う。ガラス窓にうつる顔——泣いてる?

「あの人、生きてたのね……。おどろいちゃった。昨日、ほら、あなたと会った時——やっぱりなつかしくて、あの人と住んでたマンションへ行ったのよ」

昔、恋人と——死んだ恋人と住んでいたマンションをたずねる。だからレイディは——喪服を着ていたのか。

「そしたらね」

あたしが声もなくうなだれていると。レイディ、何とも哀し気な声で、歌うが如く言う。

「そしたらね、驚くじゃない？　カーテンが――あの人の部屋のカーテン、全部左側に半分程寄せられてたの。あれ、彼が誰か人を待つ時の癖なのよ。ああやって時々窓の下をのぞく訳。昔は――わたしがあの人と一緒に住むようになるまでは、彼、いつもああしてわたしを待っていた。わたし、上へ上ること、なかったのよ。下で十分も立っていれば、必ず彼が気づいてくれた。……あゆみちゃん」

ふりむくレイディ。涙は、どこにも見えなかった。

「今は、あの人、あなたを待っているの？」

「い、いえ、そうじゃなくて、あの日は偶然あたしが行く約束をしていただけで……」

あたし、弁解する。と、同時に、妙に納得していた。

あたしが、絶対、レイディを守る。誰が何といおうと――たとえ、レイディの方があたしより強かろうと――あたしが、レイディを守る。そして、レイディを狙う誰かを、あたしの手でかたづけてみせる。で。で――。

レイディと太一郎さんは、結ばれるのだ。

それは、身を引く、なんていう感情じゃなかった。太一郎さんのしあわせを願った訳でもない。要するに、太一郎さんとレイディは、誰がどう見ても、一点の非のうちどころもない、理想的なカップルだから――だから。

あるいは。

これはどうにも自分で納得しがたい感情だけど——おそらくあたしは、レイディを愛していたのだ。

昔の夫——死んでしまった夫の為に、とてつもなく巨大な何かを相手に戦いをいどむ女。あくまで自分に厳しく——それでも、素直でかわいらしい女《ひと》。あたしの知っている中で、最も強くて——おそらく、非常に繊細な女《ひと》。まるで……生きて動いている、あたしの理想。

あたしレイディを守ってあげたい。この手の中で、誰よりもしあわせにしてあげたい。

「あゆみちゃん？　どうしたの」

口ごもったまま、石と化してしまったあたしを気づかって、レイディ、声をかける。そっとあたしの髪をなぜて。

「大丈夫よ。心配しないで」

レイディは、あたしの沈黙の意味を誤解したようだった。

「わたしね、誰が何と言おうと、絶対自分は運がいいって確信があるの。……うふっ」

それから——思い出し笑い、なのかな。くすっと笑って。

「でね。わたしの人生観が〃我、ことにおいて後悔せず〃なのよね。処世訓が〃人間万事塞翁《ばんじさいおう》が馬〃。昔、水沢さんにからかわれたことがあったわ。自分が運のいい子だって確信と、〃我、ことにおいて後悔せず〃っていうのと、〃人間万事塞翁が馬〃っていうのがくっついちゃったら、できあがるのは超弩級《どきゅう》の楽天家だろうって」

超弩級の楽天家――確かに。と。レイディ、急に真面目な顔になる。

「でもね。わたしにはあと二つばかり信念があるのよ。〝不撓《ふとう》不屈〟っていうのと……〝誰が従容《しょうよう》として運命に従ってやるものか〟っていうの」

誰が従容として運命に従ってやるものか。この台詞を言った時の彼女の表情を、あたし、死ぬまで忘れないだろう。

PART V
レイディの背の君

そのあと。二日ばかりあたしはレイディにくっついてすごした。

例によって例の如く、彼女のまわりには単発の殺し屋さんが徘徊して。けれど、それは……シン・ホテルの時なんかとは違って――ホテル全体をふっとばすような大事には至っていなかった。

どうも、大禍時につかまっちゃったのは、わたしの方みたいね。レイディ、一度だけこう呟いた。早い話、彼女は、自分をおとりにして、事故を多発させ、それでもって他の人々に不審の念をいだかせようとしていた訳でしょ。敵が作戦を変えて、単にレイディ個人を狙いだしたら、人に不審をいだかれる危険性はなくなる訳で……。

その間。あたしだって、単にぽけっとしていた訳ではない。あたしはあたしで、レイディの持った秘密を何とか手にいれようとあがいては――もろくも、彼女の微笑の前に崩れていた。

本当に何ていうのか……彼女がにっこり笑って、「やん。あゆみちゃん、そんなこと聞いちゃいけません」って言うと――それだけであたし、二の句がつげなくなってしまうのだ。あたしが情けない、と言うべきなのか、レイディの微笑の威力は凄まじい、と言うべきなのか。

途中、事務所には数回、連絡をいれていた。

事務所は事務所で、てんてこまいだったらしい。

最初のうち、麻子さんが見せたあのためらいは、太一郎さんの昔の恋人であるレイディのことをあたしに何と言ったらいいのか判らない、四年ぶりに消息の判ったレイディのことを太一郎さんに何と言ったらいいのか判らない、という理由でおこったものらしかった。いざ、あたしが動きだし（そして、どういう訳かあたしとレイディがとっても仲良くなっちゃって）、それに、レイディが命を狙われているって事実を知ると。麻子さんはとにかくいつもの調子をとりもどし、必死に仕事を始めたみたい。必死に仕事を始め……それでも。

「本当にあの二人ったら、鉄砲玉なんだから」

麻子さんは、ＴＶ電話で、泣きながらこう訴えた。目が血走って、服が乱れてる。寝もせず、ひたすら所長と太一郎さんに連絡をとろうとして――結局、今までのところ、失敗続きみたい。

「とまっているホテルの電話番号さえ連絡してこないのよ！　今にはじまったことじゃないけど……本当にあの人達は！」

一方、中谷君の方は、もう少しましな事実をつかんでいた。ヒントは、地球の権力者とティディアの粉——これだけ。それにしてはあっぱれなできだと思う。

「どうも——断言はできないんだけどね、ティディ・ベアの乱獲っつう線が見えてきた。乱獲——違うな。密猟。ティディアの粉っていうのは、通常、二十パーセント溶液を五ccずつ、毎月打たなきゃ効果が持続しないんだ。——あゆみがティディアの粉のこと知らなかったのもまったく当然の話で——一頭の成獣からとれる粉がせいぜい一グラム、それの二十パーセント溶液だろ。そこへもってきて、ティディ・ベアは……何つうか、えらく気の弱い動物で……人間に飼われると、一種、ノイローゼみたいになって、エサも食べずに死んじまうんだよ。つまり、ティディアの粉の恩恵をこうむれる人数は、一桁か二桁のとっかかりがいいとこなんだ。今、銀河系の総人口が何千億か知ってる？　それだけの人数中の一桁っつったら……一般人には、神話だよ。だから大抵の人は知らないし、知っててもうらやましがる気にもなれん。粉使ってる人だって、一般人にとってそれが神話だって知ってるから、決して粉使ってるなんてこと言わないしね。だから、正確に一体何人がティディアの粉使ってるか、統計のとりようもないんだけど……俺の調べた限りで、ここ数年、老いるどころか若やいできた地球の超特権階級の人間ってのが、二十数人いるんだ。すこし多すぎる。今、年間許されているティディ・ベアの捕獲数じゃ足りない。っってもまあ、老けたように見える、若やいだように見えるっつうの、主観の問題だから、証拠も何もないんだけどね。でも……俺の目が狂ってないなら、考えられるのは密猟だ」

うーん。あたし、考えこんで。

地球のおえら方が、自分達の為だけに、自分達できめたティディ・ベアの捕獲規定を破り、ティディ・ベアを密猟してる。これは確かに許せないことだし——それを知られたおえら方は、知った人物を殺そうとするかも知れない、確かに。

でも、果たして、これだけで、こんな大騒ぎになるだろうか。

秋田良三。太一郎さんをふっとばした事故で命を狙われたお医者様。彼がこの事実を知って……で、命を狙われるのは判らないでもない。しかしそれは、他の乗客を犠牲にしてまで、どこか他の空間へふきとばさなければいけない程の秘密だろうか。

そうは思えない。とすると。

うしろに、もっと大きな何かがなければいけない。もっと大きな何かが。

そんな頃。レイディは、一本の電話をうけた。

☆

「はい、木谷です」

電話がかかってきた時、あたしはほけっと雑誌を読んでおり、レイディはお風呂にはいっていた。ので、当然、あたしが電話をとる。お風呂にはいっているレイディのことを考えて――レイディあての電話である可能性の方が高いんだから――TV電話じゃない方を。

「木谷……真樹子?」

電話のあちら側は、低くおしころした男の声。嫌な声だ。何となくあたし、生理的にそう思ってしまう。

「いえ、代理の者ですが、真樹子さんに御用ですか」

「はい。かわって下さい」

男の声は多少高くなり、普通の声に近づいたが――それでも嫌な声。

「あの、失礼ですが、どちら様でしょうか」

あたし、声にすこし、とがめるような感じを加え、聞く。自分が名乗らないなんて、失礼な男。

「ああ、失礼。木谷信明といいます」

木谷……信明? これが?

言っちゃ悪いけど、こんな不快な声を出す男がレイディの御主人とは、とても思いたくなかった。彼女の御主人なら――太一郎さんがお似あいだと思ってるから、元来彼女の御主人って存在自体、あたし気にいらないんだけど――もっと、ずっと、天下に並ぶものがみあたらないくらいい、素敵な男性でいて欲しかった。こんな陰気な……ナメクジがはいずるような声を出す男が、彼女の御主人だなんて。

「しばらくお待ち下さい」

あたしは受話器をおくと、わざとのろのろ、レイディを呼びに行った。無礼な男に対するそこはかとない抵抗。

「あら……主人から？　何かしら」

レイディ、心底意外そうな声を出して、バスルームから出てきた。

「はい、かわりました、真樹子です……。え？　……あ、あなた一体」

妙に緊張した声。あたし、一瞬、どきっとして、思わずレイディをじっとみつめる。レイディ、喰いいるように、受話器のむこうの空をみつめ——それから、ほっと、表情がかわる。レイにこやかな笑顔。

「うん、判った、行きます。……ううん、わたしだけ。……え？　今の人？　ううん、全然、そんなんじゃなくて。違うわよ、全然関係ない人よ。単なるお友達。ここで偶然会っただけ。お友達だってば。……うん。昔の事務所の人。そう。うん、判ったってば。行くわよ。まってて。……え？　むかえに来てくれちゃうの？　いいわよ……こっちから……どうしてもむかえにくる？　……やあね、そんなこと、できる訳ないじゃない。……うん。……今、お風呂にはいってたから。……やだ、あなた、下に来てるの⁉　じゃ、来てよ。……うん。五分後ね」

明るく、楽しげなレイディの声を、少し哀しく、あたしは聞く。彼女の御主人——今の声の人。あんまり会いたくないなあ。

「あゆみちゃん」

電話を切るとレイディは、素速く服を着だす。バスタオルからこぼれ、流れおちる髪。

「はい」

「あのね……あなた、〝我、ことにおいて後悔せず〟ってどう思う」

「え？」

一瞬、ぽかんとした。台詞のつながり方が全然判んない。

「昔、水沢さんが言ったわ。反省しなければ、人間って進歩しないだろうって。でも反省と後悔って違うのよね……。わたし、ずっと、こういう風に思ってきたわ。〝我、ことにおいて後悔せず〟っていうのは……何かをやる時にね、本当に極限まで——自分の思考範囲極限までそれについて考えてみて——で、はじめて、何かする訳よ。そうしたら……たとえ、結果が凶と出たって後悔なんてできないわよね。後悔したら、極限まで考えた自分——自分そのものを否定することになっちゃうもの」

ぽかんとしているあたしの方を見て。

「だからね……わたし、絶対、後悔しないわ。……そうよ。わたしは運がいい筈ですもの」

バスタオルで乱暴に髪をぬぐう。水気を含み、幾本かの太い筋になった黒髪は、ばさっと空中でとびはねね、飛沫が電気を反射した。

☆

レイディが髪を束ねるのとほぼ同時にドア・チャイムが鳴った。珍しく彼女、魚眼レンズで相手を確かめることもなく、すぐドアを開ける。

そんなに早く夫に会いたいのかな。かすかに痛む胸。えーい、女の子が、あこがれている女の夫に嫉妬してどうするんだ！

はいってきた男――木谷信明氏は、少なくとも外見上は、レイディにぴったりの男性で……太一郎さん、まけてる。それがまたくやしい。

背は結構あった――一七五はあるな。まあ、レイディとつりあわないこともない。体格はがっしりとして筋肉質。まあ、レイディとつりあうといえばつりあう。顔つきも、結構ハンサム。まあ、レイディとつりあうといえないこともない。

ただ。何となく……目が、よくない。にらむようにあたしのこと見て。雰囲気だけで人を判断しちゃいけないんだろうけど……それでもあんまりお友達になりたくないタイプ。

……嫉妬、かな。嫉妬、だろうな。嫉妬、にきまってる。仮にもレイディが選んだ男なんだから……けど。

「あなた、おひさしぶりね」

レイディは、木谷氏に極上のほほえみを見せた。

「半年ぶり……じゃ、なくて？　あの子は……タイタンのお義姉さまにあずけてきた太一郎は元気？」

この場合の太一郎っていうのは、彼女の子供のことだ。そうは判っていても、やっぱり少しどきっとする。

「ああ」

木谷氏は、ぼそっとそれだけ言うと、うさんくさそうにあたしの方を見る。彼の方としても、あたしにはこれっぽっちの好意も抱いていないみたい。

「タイタンのお義姉さま……鈴木晶子《すずきあきこ》さんは今、何してらっしゃるかしら。鈴木さんのお宅、タイタン・シティにはおととしこしたばかりだから、いろいろ大変なんじゃなくて」

「別に……」

「そういえばお義兄さま——鈴木浩《ひろし》さんの方は」

「もうよせよ」

木谷氏、何か段々不機嫌になってきているみたい。彼と、その、タイタンのお義姉さまって、余程仲が悪いんだろうか……まさか。なら、子供をあずけたりはしないだろうし……。

「あら、この子なら大丈夫よ。信頼できる人ですもの。ほら、人前でタイタンのお義姉さまの話なんかして、万一太一郎がゆうか」

「やめろ!」

木谷氏、もの凄い声でどなる。

「いい加減にしないか!」

思わず、あたしの方がびくっとしてしまう。

「はあい」

レイディは、どなられたことなぞ全然意にも介していないふうに――てことは彼、ちょくちょくこんな感じで彼女のことをどなるんだろうか。うー、やな感じ――軽く肩をすくめると、舌をだしてみせた。

「行くぞ」

と、ふいに木谷氏が立ちあがる。

「あの……行くって……」

あたし、初めて口きいた。

「あ、あのね、わたし達ちょっとでかけてくるから」

レイディは、気軽にたちあがると、ハンドバッグに手を伸ばす。

「あの……でかけるって、どちらへ」

「うん、どちらってこともないんだけど、ひさしぶりに会ったんですもの、ちょっとその辺をぶらぶらと」

「ちょっとその辺をって……」

レイディ。この人。いくら何でも、自分の立場に対する自覚がなさすぎる。と、木谷氏が、ふいにあたしの方を向いた。

「あなたも一緒に行きませんか？　これから真樹子と食事でもしようかと思っているんですが」

「あ……はい」

いくら木谷氏を虫が好かないといったって、やっぱりレイディにくっついていたい。ので、慌てて立ちあがる。

「やん」

と、ふいにレイディ。

「ね、気をきかせてくれない？　わたし達、本当に久しぶりの夫婦水いらずなんですもの。あなた、遠慮してよ」

……え。思いもかけないレイディの台詞に、少しあせる。

「でも……でも、レイディ」

「真樹子。お友達に失礼だぞ」

「いいの。あなたは黙っててちょうだい。先刻も言ったでしょ、わたし、一人で行くって。たまにはあなたと二人きりになりたいのよ」

「でも……」

レイディ、木谷氏の腕に手をまわすと、あでやかに微笑んだ。

「でも……」

「真樹子、いいじゃないか。……さ、お嬢さん、一緒に行きましょう。……お嬢さん、じゃおかしいな。おい、真樹子、紹介してくれ」

「あ、わたし、もり」

森村あゆみといいます。こう言いかけたのを、レイディ、ひったくる。

「あなた」

強い口調。

「あなた、彼女の名前なんか聞いてどうするおつもり？　どうしてそう女癖が悪いの。この人は、山崎さんって人の奥さんですからね。人の奥さんにまで、手を出さないでよ」

あせっ。あ、あたし、太一郎さんの奥さんじゃない。慌てて口を開きかけると、今度はレイディ、こっちをむいて。

「山崎さん。あなたもあなたよ。仮にも人妻なんだから、人の夫にまで色目を使わないでちょうだい」

い……色目なんて、使ってないもんっ！　そんな器用な目があるのなら、教えて欲しいくらいよ。

「わたしからあの人をとっただけで充分でしょ！　今の夫にまで、手を出さないでよ！」

あの人をとった……。そんなつもりなんて、全然ないもん。

「あなたっ！」

今度はレイディ、木谷氏をにらみつける。

「もし、どうしても彼女も一緒に連れてゆきたいっていうのなら、わたし、たとえどんなことがあっても、行きませんからねっ！」

「判ったよ……」

木谷氏、しぶしぶ肩をすくめる。

「山崎さん。あなた、もうおうちへ帰りなさいよ」

山崎じゃなくて森村よ。そう言いたいのをぐっとこらえる。

「大体、迷惑だったのよ。人の都合も聞かずに、一方的につきまとわれて。人のお金で夕飯まで食べて」

「お金払います！」

売り言葉に買い言葉。いくらかかるか知らないけれど、借金したって返すわよ。

「いいわよ。そんなものいらないから。ほら、もう帰って」

って……ボストンバッグ、渡されてしまった。ひ……ひどい。

「わたしだってね。たまには一人でぼけっとしていたい時もあったのよ。なのに四六時中くっついてられて……本当にデリカシー、ないんだから」

……傷ついた。も、目一杯、傷ついた。確かにあたし、自分がデリケートな方だとは、これっぽっちも思っていない。だからって……も、もう、傷ついた。

「はい。先にでてって」

「あの……」

「久しぶりに夫と会ったのよ。キスの一つもしたいじゃない。あなた、そんなの見ているつもり?」

「判りました!」

ボストンバッグ、抱える。

「さよなら!」

ドア、思いっきり、ばたんとしめて。ホテルを出て、ムービング・ロードに乗るまで――うん、乗ってからも、あたしは、涙をこらえるのに必死だった――。

★

ボストンバッグは重かった。とっても。

あたしは腕に力がはいらなかった。ろくに。

こんなもの、持って歩きたくなんかない。ずたずたのプライドと、きずだらけの心のつまったボストンバッグ――いや、何よりも、重たかったのは、いわれのない哀しみ。

あたし、好きだったのよ、レイディ。そりゃ確かにこっちが勝手にあこがれただけで、勝手に守ってあげたいって思っただけで、勝手にまとわりついて、ボディガードのくせに彼女に守ってもらって、彼女は内心とっても迷惑だったのかも知れない。でも。

でも。

ずるずるずる。

ボストンバッグをひきずって、重たくアパートの階段をあがり、鍵《かぎ》をあけたあと、精一杯の力をこめてドアをけりあけた。涙でくもって、あたりがよく見えない。

ドアに鍵かけて。……あ。バタカップ。れーこさんに、あずかってもらったまんま。つれもどしに行こうかな。あたし、もう、レイディの処へとまりこむ必要もない訳だし。

レイディ。

大体、あの人、でも、勝手よ。

そもそも、彼女が先にあたしに関わってきたんじゃない。白紙の手紙なんてよこしてさ。戸棚の奥から、煙草をとりだす。昔――もう一年も前か、シノークの砂漠で太一郎さんにもらった奴。これ吸ってると、人前で平気でため息つけるね。あの時の台詞を思い出す。で……次は、煙が目にしみたっつって泣くの。泣きたい。

急造灰皿のグラタン皿の中に灰をおとす。灰。

燃やしちゃう。あたしとレイディを結びつけた、白紙の手紙。小切手も一緒に。いいもん、お金なんかおしくない。

もやしちゃお。

ショルダーバッグから手紙をとりだす。封筒から出して、ひきさこうとして。……え？

え？

あたし、慌てて目をぬぐう。え？

いつの間にか、手紙には字があらわれていた。

☆

こんにちは。

達筆の女文字が、まず目にはいった。え……どういうこと。この間は確かに――うん。中谷君とも確かめたけど、白紙だったのに。

この手紙は一週間たつまで渡しちゃ駄目よ。そう言っていたレイディ。あれから数日たって……そうか。聞いたことある。書いて何日かして、ようやく字があらわれるペンの話。

慌ててマッチの火と、火をつけただけでまだ吸ってない煙草を消す。燃えたら大変だ――少なくとも、読むまでは。

こんにちは。

この手紙を、水沢総合事務所の者、と名乗る人からうけとった時、あなたはさぞ、とまどったことでしょう。差し出し人に全然心あたりがなくて。

私は、先日、33ストリート分岐でお目にかかった喪服を着ていた女です。かなり印象に残るような行動をとったので、覚えていて下さることと思います。

そんな見ず知らずの、通りすがりの女から急に手紙が来て、さぞかし御不審に思われていることでしょう。ごめんなさい、どうしてもあなたに手紙を書く必要があったのです。

この手紙があなたの手に届く頃、多分私は鬼籍に入《い》っていると思います。ですので――まったく縁もゆかりもない女から、急にこんな手紙が来て、実に御迷惑でしょうが――これを、私の遺言書だと思って、どうぞ私の最期の願いをおきき下さいませ。

あの時――ストリート分岐で殺し屋さんに狙われた時、私には、当座の敵の実数が判りませんでした。さいわい、相手は一人しかおらず、無事あの場を切り抜けることができましたが、あの時は、あるいはここで殺されるかも知れない、という覚悟をしておりました。

ところで、私はあの時、絶対ある人に渡さねばならないものを持っていたのです。それをその人に渡さなければ、死んでも死にきれない。

そこで、誠に……本当に、何と言っておわびをしていいのか判らない程、申し訳ないことなのですが、とっさに、そのものを、私に最も早くかけ寄ってきてくれた通りすがりの女の子——つまりあなたに、あずけてしまったのです。

あの時、あなたが持っていらしたショルダーバッグの内ポケットの左端をさぐってみて下さい。小さな封筒が出てきます。あるいはもうそれにお気づきになっていらっしゃるかも知れませんが、それが、私があなたにたくした物なのです。（ほんの、あれだけの時間で、そんな物をショルダーバッグにいれることができたなんて信じられませんか？　うふっ、実は私、これでも、その気になれば、すりで生きてゆくことができる程の腕を持っているんですよ。）

どうぞ、お願いです。その封筒を、リトル・トウキョウ198ストリート16に住んでいらっしゃる、田口広志《たぐちひろし》博士に渡して下さいませ。なにとぞお願いします。これが私の、最期の、そしてただ一つの願いです。

本来ならば、私がそれをしなければいけなかったのですが、なにぶん私は、御存知のとおり殺し屋に狙われている身であり、下手に田口先生に近づくと、先生までをもやっかいな件にまきこむことになるので、それができませんでした。その上、敵の方でも、私を、田口先生等の生化学者に近づけぬよう、万全の警戒をしているようでしたので……。

ここまで読んできて、御不審に思われているのではないでしょうか。そんな大切な封筒なら、命が助かった時、何故もう一度すりとらなかったのか、と。

それをお話しする時、私は、本当に何と言ってあなたにおわびしていいのか判りません。以上のような事情で、どうしても田口家に近づくことのできなかった私の脳裏に一瞬うかんだのは、誰か、田口家への私の用件の、代理人をたてるということでした。それも、私とは何の縁もない人がいい——いえ、ない人でないと困る。

あなたと私は、まさに通りすがりの——それだけの関係です。ですから、通りすがりの人にこんなことを頼むのは実に申し訳ないことだと知りながら——通りすがりの人であるからこそ、あなたにお願いするのです。

半日、悩みました。もし、万が一にでも、私のかわりに、あなたが殺し屋につけまわされることになったら、それこそ、あなたにも、あなたの御両親にも、何とおわびしていいのか判らない……。

そこで、非常手段をとることに決めました。

私は、もう一通、あなたにたくした封筒と同じ物を持っております。これを持ったまま私は、この手紙があなたにとどく前に（とどくまで、最低でも一週間かかるよう、頼んであります。万が一、一週間以内にとどいてしまった場合も、五日めまではこの手紙は白紙の筈です）、私、殺されます。殺されることにしました。

私が田口先生に渡すべき物を持ったまま死ねば、相手も安心するでしょう。それに、あなたと私を結ぶ線は――それこそ、通りすがりなのですから――ない筈です。

あなたの安全は、一応これで確かだと思いますが、念の為、勝手にボディガードを依頼しておきました。私の最期の依頼ですから、おそらく、山崎太一郎という者がつとめることになると思います。（もし、違う人間が来ていたら、変えてもらって下さい。）彼は、この類の仕事に関する限り、真に信頼できる数すくない人間の一人です。私が保証致します。（実は、彼は私の昔の夫なのですよ。あなたと会った33ストリート分岐は、あの人の家の前なのです。）

あ、あともう一つだけお願い――というか、命令があります。

田口先生に渡す封筒の中身を見てはいけません。この件を、他言してはいけません。

これは――もし、田口先生に封筒を渡すのがどうしても嫌だというならそれは仕方ないにしても――これだけは守って下さい。いえ、守りなさい。これを守って下さらなかった場合、あなたの生命が心配です。

勝手なことをえんえんと並べました。さぞ、お怒りのことでしょう。本当に申し訳ありません――申し訳ありませんけれど、お願い致します。

わずかなものですが、小切手を同封しました。このお願いに対するお礼と、私の勝手に対するおわびです。どうぞ、おおさめ下さいませ。（ただし、現金化するのは、田口先生の件が済んでからにして下さいませ。そうしないと――そういうことはないと思いますが、相手が私の口座を調べた時、危険です。）

誠に勝手なことばかり申したててすみませんが、以上のこと、なにとぞ、なにとぞ、お願い致します。

木谷真樹子

★

読みおえてから数分――ほけっとしていた。

まず、こみあげる、喜び。あたし、ほんっとに、運がいいんだ。偶然にせよ、レイディと通りすがりの人のままでいなくてよかった。

あのホテル。一流ホテルの、それも最上階にいたレイディ。敵とのかけ、というのは、あたしに聞かせる為の話で――本当は彼女、あそこで殺されるつもりだったんだ。

ところが。その、肝心のあたしが、彼女と通りすがりの人でなくなってしまったから――あたしを守る為に彼女、みずから進んで殺されるって訳にいかなくなっちゃったんだ。うん、一応――何か無茶苦茶な理屈だけど、ボディガードになることはなったんだ。

それから。ついっとわきあがる……好奇心。いや、違う！

その、誰だっけ、田口さんとかにあてた封筒の中身。それを見る必要がある。それを見れば

おそらく、レイディが、何で、誰に狙われているか、判る。

と、同時に。先刻のレイディの奇妙な言動が、心にひっかかった。奇妙な言動——今にして思えば、確かにそう。

レイディは、通りすがりの女の子のことをこれ程心配してくれるような人柄なんだ。判ってる筈じゃない、こんなこと。何日か一緒に生活したんだから。

そのレイディが、そんなレイディが、あんなことを——まっこうから人の心を傷つける訳がない。

とすると。

とすると?

判らないまま、ショルダーバッグをさぐる。内ポケットの封筒って……これ、かな。

白い、大きめの封筒が、四つ折りになっていた。中には何か——紙じゃないものがはいっているみたい。ことって音がする。

少し、それを手に持って、悩んだ。それから、思いきって封をあける。

出てきたのは、手紙と、超小型のディスクと、ビニールの袋にはいった白い粉だった。

★

拝啓。

まことに突然で失礼とは存じますが、私、平生から、先生の御研究、御著書等を、拝読させて頂いている者です。ぜひ、先生にお願い申しあげたいことがありまして、筆をとっております。本来ならば、私みずから、お願いに参らねばならぬ処を、書状をもってかえさせて頂くこと、おゆるし下さいませ。

同封致しましたディスクを、ぜひ、ぜひ御覧になって下さいませ。これはすべて、何一つ嘘のない、本当のことでございます。

記すと長くなりますのではぶかせて頂きますが、私、とある事情の許で、この事実を知ることになりました。この事実を知るや否や、私、同封しましたものと同じディスクを、地球の広《ひろ》瀬《せ》博士の許に持参致しました。広瀬博士邸が、原因不明の火災で焼失、御家族もろとも博士がお亡くなりになったことは御記憶に新しいかと存じます。その真の原因はすべて、このディスクを御覧頂ければ、お判り頂けるかと存じております。

かような事情ですので、他の方にこのディスクを渡す訳にもいかず、面識もない先生に、このような非常識な文を出す仕儀となりました。

先生でしたならば、学界への多大な貢献、リトル・トウキョウの名誉市民でいらっしゃること、地球の旧家の出でいらっしゃること、火星の政界での発言力の大きなこと等、いかなる地球の権力者の力をもってしても、手出し不可能なことを信じて、このディスクをたくします。どうぞ、このディスクの内容を、先生の最も適当と思われる方法をもって、全世界に知らしめて下さいませ。

なお、このディスクが信頼できないと思われましたら、同封のティディアの粉を分析なさって下さいませ。これが動かしがたい証拠になると思います。

とりいそぎ用件のみ申しあげます。

かしこ

五月十二日

木谷真樹子

田口広志先生
御許に

★

……うーん。この手紙を読んでも、まだ、敵が誰なのか、何が問題なのか判らない。レイディが、中谷君なみに、単純なことをもってまわって言う性格とは思えないから……。とすると、考えられることは、唯一つ。敵が余程の大物なんだわ。確実な証拠がないうちに固有名詞を出すと、告発したレイディの側――つまり、この田口先生って人が危なくなる程の。

とにかく、ディスクを見てみよう。これを見れば、いくら何でも、多少のことは判る筈。

あたしは、ディスクをとりあげると、セットした。

★

白い廊下が映っていた。えんえん続く白い廊下。何だろう。間違ってもコンクリート造りや何かじゃない。立派な――どこか、一流ホテルか何かのような廊下。とはいっても、豪華だって訳じゃない。何だか、立派だけど機能的な――超一流の病院か研究所みたいなイメージ。

どれくらい廊下が続いたのだろう。とにかく広い建物だった。いくつめかの角をまがると
――ドア。

画面に、手が映った。浅黒い手首。その手首が、ドアのノブをひねる処。

どうやらこの手首の所有者がこの映像をとっているらしい。段々、判ってくる。だから彼、手首とか足とかしか映らないんだわ。

ドアが開く。と、中にいた者達が、一斉にこちら――画面の方をむいた。

子供。三歳から五歳くらいの、人間の子供の群――だと思う。

だと思う。いやまさか。しかし形態はあきらかに人間。ただ。

子供達は、何も身にまとっていなかった。のみならず、男も女も髪は伸び放題にのび、爪も切っておらず、全身あかまみれで……いや、そんなことよりも。

何て——何て、うつろな目。見えていない訳ではあるまい、しかし、まるで視力を持っていないかのような——どんよりした、目。その目はおびえていた。心底おびえて、画面を見つめ……やがて、一分弱、時間がたつと、おびえるのにもあきたのか、また、どんよりとしたものが目をおおう。

この部屋の中でけんかした者があるのか、部屋の中には処々血のとび散っているところがあり、黒髪の——あきらかにひっこ抜かれたものだろう、毛根のついた黒髪の束が、いくつか散らばっている。それと呼応して、子供達の中には、大きなひっかき傷のある者、生爪をはがした者、いくふさか髪をひっこ抜かれ、残った髪に血がこびりついている者などがいる。

そして、部屋のあちらこちらに散乱する食べ物のかす、排泄物。この映像がにおいつきでなくてよかった。もし、においがついていたとしたら——おそらくは、あたし、あと数日、何も食べられなくなるだろう。

いや、においなんかなくても。

心の底から、怒りがこみあげてくるのを感じる。

ここが何だかは知らない。知らないが、ここは——許せない処だ。

何故、こんな状態で、服も着せず、怪我のてあてもせず、子供達を放っておくのだ？　あの爪。あの髪。あれは、二、三週間切らなかった、なんて生やさしい長さではない。あの体のよごれ。あれは、二、三週間お風呂にはいっていないなどという生やさしいものではなかった。そして、あの、怪我。中には、あきらかに普通でない方向へむかって、手や足がまがっている者もいる。あれは――おそらくは、骨折したのをそのまま放っておいた為、骨が異常な形でかたまってしまったもの。

何であれ、子供を――まだ、自分で自分を守ることができない年の子供を、こんな状態で放っておくのは――人間のすることじゃない。まして。仕方なしに放ってあるのではなく、あきらかに意図的に放ってあるのだから。

だって。この部屋、実に立派なのよ。百畳近い面積があって、それでも、どこにもかげりなく、部屋全体が明るくて。こんな立派な部屋を作れる人が、子供の怪我の治療費をだせない筈がない。つまり、治せるのに――わざと放ってあるのだ。

地獄。ふいに、単語を思いつく。これが地獄でなかったら……一体、何だと言うのだ。

と。ふいに。今までこちらを見ていた女の子が、ふいに画面に背を向けた。そして、近くに転がっていた食べもののかすを右足でひきよせ――背中しか見えないから断言できない、でも、あの格好からするとおそらくは――食べだした。別の男の子が、にっと歯をむいてみせる。う……歯も……みがいていないのだろう。黄色くなっていて……。

もうこれ以上は見るにたえない。目頭があつくなってくる。許せない。許せない！

あっちの子。五歳たらずだ。髪を切ってお風呂にいれれば、きっと天使のように美しい子になるだろう。むこうの子。ちょっとファニー・フェイス。目に、多少なりとも知性があれば――きっと、やんちゃなわんぱく坊主に見えるだろう。手前の子……。

何で？　何で彼らは、こんなところにあんな姿でいなければいけないのだ。五歳たらず。人間が、最も純粋に最もしあわせに生きてゆける年なのに。

思わず目を伏せる。と――画面がかわった。

大きな、やはり白い部屋だった。中央に手術台のようなもの。銀色に輝く器具。はるか奥に……何？　焼却炉だろうか、妙なもの。そして、そのわきに。

肌色の何かがつまれていた。段々、カメラがそれに近づいてゆく。肌色の――肌色の、足？　手？

肌色の、何も身につけていない、子供の死体の山。

死体。子供達が動きもせず、さながら物のように積まれていたから、それが死体だって判った訳じゃない。もっとはっきりと、子供達の体は、死体の特徴を示していたのだ。

死体の特徴。変な言葉だけど――他に言葉ないよ！　だって……あれで生きている筈がない。だって、だって……。

子供達の、首筋から頭部にかけて――髪は全部そられていた。だからはっきり見えてしまう――皮膚が、切りさかれていた。切りさかれていた……ううん、そんなもんじゃない。切りとられていたって言った方が正確。異様に大きく、ぱっくりとあいた傷口。そこから流れだし、胸元でかたまった、赤黒い血。これで——この状態で、人間が生きてゆける筈、ない。

嫌だ。嫌だ。嫌だ。

もうこれ以上、もう一秒も、こんな映像見たくない。見たくない——んだけれど、目は、閉じてくれなかった。閉じることができなかった。そらすことさえできなかった。

「…………」

あたしは、何か、言おうとしたらしい。無意識に。けれどそれは言葉にならず——音にすらならず、ただ、喉の奥で、空気が動いたのが判るだけ。

およそ、この世の中で最もおそろしい情景。いつかのレイディの言葉が、耳の中によみがえった。およそ、この世の中で最もおそろしい情景。

あたしの神経がやき切れる寸前に、画面がかわった。ほっ。今度こそ、安心して見られるもの。だって、今度でてきたのは、字。

これは、地球のシンクタンク・No・41につとめていた、ある方がとった映像です。

シンクタンク・No・41は、十数年前からティディアの粉の分析をしている、けれどまだ、その合成には成功していない、というのが、一般に知られている話です。

が、実は、七年前からシンクタンク・No・41は、粉の代用物質を発見していたのです。

何故、シンクタンク・No・41は、ティディアの粉の代用物質を発見したという事実を公表しないのかという理由は、もうお察しのことと思います。彼らが発見した、ティディアの粉の代用物質は、人間の幼児の脳下垂体から抽出したものだったからです。

勿論、彼らは、地球の幼児をさらってきて、このような実験をしている訳ではありません。もっと——はるかに、極悪非道なことがおこなわれているのです。先程の映像に映しだされた子供達は、法律上、生きてはいません。彼らは、試験管の中で生まれ、何の教育もほどこされず五歳まで放置され、のち、脳下垂体を切りとられる——いわば、人間ブロイラーなのです。

人間は、物を考える動物です。その人間に、物を考えることを教えず、言葉を教えず、生きた脳下垂体製造器として飼っておく——そう、まさに彼らは、飼われているのです。

この現状をどうしても許せなかったとある人が、この映像——動かしがたい証拠の映像をとり、人間が原材料となっているティディアの粉を一パック盗み、それを私にたくし——数日後、交通事故でなくなりました。彼の死が、決して事故ではないことはお判り頂けると思います。

シンクタンク・№・41には、十二人の財界人が出資しています。しかし、わずか十二人で、これだけのことができたとは思えませんし——よもや、十二人の誰か一人でも、この実験に無関係な人がいたとは思えません。

今、ティディアの粉を使っていることがはっきり判る人——ここ数年、老化をしていない人——が、何人います？　あきらかに、本来のティディ・ベアの粉だけでは、これだけの人の老化を防ぐことはできない筈です。まして、はっきり目で見てとることはできなくても、老化がとまっているような感じを受ける人、にいたっては、一体何人いるのやら……。

私の力がおよぶのは——私が調べることができたのは、シンクタンク・No・41でやっとでした。しかし、これだけではない筈です。シンクタンク・No・41の責任者が黒幕ではない筈です。

どなたでも結構です。どなたでも結構ですから、この先を調べて下さい。どうか、これを握りつぶすことなく、この先を調べて下さい……。

ぷつん。

小さな音がして、急に画面が白くなった。この映像、おわったみたい。

おわったみたい。

そう思っても、あたし……動くことができなかった……。

PART Ⅵ
レイディの元背の君

一体何分、こうやってぼけっとしていたことだろう。ふと気がつくと、電話のベルが鳴っていた。——ううん。電話のベルの音で、ようやくあたし、正気にもどった。

慌てて電話へと駆けてゆく。虫の知らせ——予感。第六感。何というものだか判らなくても、あたし、その電話を太一郎さんからだと確信していた。

だって。

あんなもの見ちゃって、で、放っておかれたら……まちがいない、あたし、狂っちゃう。狂っちゃうよ！

だから、この電話は太一郎さんから。太一郎さんからの筈。太一郎さんからでなければいけない。

スイッチいれる。

太一郎さん。

ほっとするや否や、反動で怒りがこみあげてくる。

「よお、あゆみちゃん。あんま、夜遊びすんなよな。昨日とおとつい、どうして家にいなかったんだよ」

画面の中でくわえ煙草で相変わらずへらへら笑ってる太一郎さんをどなりつける。涙がこぼれてくるのが判る。

「この……この莫迦太一郎！　どこ行ってたのよ！」

「へ？　出張だけど……」

「麻子さんが死にもの狂いで連絡つけようとしてたのに！　このっ、この莫迦太一郎！　何だって肝心の時にいないのよ！」

画面の中の太一郎さん、急に真面目な顔になる。

「何かあったのか」

「あったわよ！　あなたの——あなたになんか、本当にもったいない、あなたの奥さんが大変なんだから！」

「俺の……奥さん」

真面目な顔つきが、みるみる苦し気な顔つきに変わってゆく。

「真樹子……帰ってきたのか……」

口の端から煙草がおちたのにも気づいていない。

「ま……真樹子さん、命を狙われてるのよ！　それもこれも、あなたのとむらい合戦の為なんだから。あなた……四年前の事故で助かってたんなら、どうしてすぐに連絡しなかったの！」

「いろいろこっちにも事情があったんだ。帰ってくるのに――人間が住んでいる処へ帰ってくるのに、二年、かかった」

太一郎さんは、珍しく――いや、はじめて、はっきりと真面目な顔をした。目の端が少しつりあがる。

「で？　何だって？　何があったんだ」

あたしは――もう、順序も何もぐちゃぐちゃで、とにかく知り得た事実を片っ端からしゃべりだしていた。

☆

「……ふ……ん」

全部の話を聞きおえるころには、太一郎さんはもういつもの彼に戻っていた。先刻おとした煙草をまたもくわえている。

「……成程。あゆみちゃんとしては、別れぎわの真樹子の態度にひっかかりを感じるんだね」

「うん」

太一郎さんにつられて、あたしも多少、落ち着いてきた。別に今すぐレイディがどうにかされるって訳でもないし、レイディには――いかに感じの悪い男であっても、旦那様がついているんだし。

「そん時の会話、思い出せるだけ思い出してくれる？」

「うーんとね」

あたしは、なるべく詳しくその場の様子を話す。〃我、ことにおいて後悔せず〃から始まって、タイタンの息子の話、義姉の話、義兄の話……。

「一つだけ、答えてくれ」

目をつむってあたしの話を聞いていた太一郎さん、ふいに目をあける。

「以前、真樹子は、おまえさんに子供の話をしたことがあるか？」

「……ううん」

そういえば、数日一緒にいても、子供の話も、タイタンにいる義姉の話も、聞いたことない。

「……だろうな。おまえさん、思ってることがすぐ顔にでちまう性格だし」

「え？　何？」

「いや、こっちのこと。……大体のことは判った。事務所への連絡はこっちからする」

「すぐ帰ってきてくれるんでしょ」

知らず知らず、あたしの声は懇願する調子になる。

「ああ」

「あたし、それまで何してたらいい？　むかえに行こうか」

「莫迦。いらん、そんなもん。それにすぐ帰るっつったって、そうすぐは帰れんよ」

「どうして！」

「どうも帰る前に一件ばかりかたをつけなきゃならん仕事がありそうだ」

「莫迦太一郎！　何言ってんのよ！」

まったく信じられない台詞。

「なに、真樹子はそう簡単に殺されるような女じゃない。それに、ちょっとあんたにしといてもらいたいことがあるんだ。あと一時間もしたら麻ちゃんがそこへ行くだろうから、二人で――いや、中谷もつけよう、三人で図書館行ってティディ・ベアのこと、調べてくれ。……もっと人手があった方がいいかな。もしいれば、れーこさんにも手伝ってもらってくれ」

「ちょっと、冗談じゃないわよ！　レイディは女なのよ。あなたが……あなたが守ってあげなかったら、誰が」

「旦那がいるだろ」

「んなこと言ったってあの人は」

んなこと言ったってあの人は。とてもレイディの旦那とは思えない程、感じが悪かった。

ひっかかるところがあった。ひっかかる――ひっかかる?

思考の断片が心の中でおどりだし――そして、唐突にそれは、一つのまとまった思考になる。

うずく予感――第六感。そして、あたしのカンは……まず、はずれないのだ。

「とにかくそれやっといてくれ」

「図書館に行くなら、あたしが麻子さんをさそいに行った方が」

かまをかけてみる。太一郎さんは、案の定こう答えた。

「いいから、麻ちゃんが来るまで待ってなさい」

「だって」

「たまには素直に言うこと聞け!」

はじめて太一郎さんにどなられた――ということは。やっぱりあたしのカン……。

「まって、太一郎さん。てことは、あなたも……」

顔色がかわる。

「あなたも、レイディが誘拐されたって思ってるのね!」

★

レイディが誘拐された——少し言葉が違う。レイディは、おびきだされたんだ。

我、ことにおいて後悔せず。あの時レイディがこう言ったのは——後悔するような、せざるを得ないような、何かが発生した為、自分をはげます為ではなかろうか。

後悔せざるを得ないような何か。レイディの息子が、誘拐されたとしたら？

大人しく出てこい。さもないと子供の命はないぞ。

彼女が素直に聞かざるを得ない、唯一の殺し文句。

そしてレイディは、あたしに出来る限りのヒントを残してくれたんだ。はじめての、息子の話。息子をあずかってくれた人の話。

何故直接あたしにそう言わなかったのか。それは——それを聞いたら、あたしの顔色にすぐそうとでてしまうから。あたし、思ってることがすぐ顔にでちまう性格だから。

そして。あたしにあんなひどいこと言ったのは、あたしを彼女から遠ざける為。あたしを守ってくれる為。

もし、どうしても彼女も一緒に連れてゆきたいっていうのなら、わたし、たとえどんなことがあっても、行きませんからね。

思い出していた。あの時のレイディの台詞。

もし、どうしても彼女を一緒に連れてゆきたいっていうのなら、わたし、たとえあなたが息子を人質にとっていたって、行きませんからね。

今。太一郎さんが、あたしに自分の推理を話してくれなかったのは、あたしが危ないと思ってるから。レイディがつかまったら——次に狙われるのは、レイディの夫と名乗った人物のたった一人の目撃者、あたしだから。

麻子さんと中谷君とをボディガードによこして——で、人目が多く、まずあたしの行きそうにない、入室する時に身分を名乗ってカードをもらわなければならない場所——図書館に保護する。

それもこれもみんな、あたしを守ってくれる為。

あたしを、守ってくれる為。

でも。けど。

レイディ。手紙によれば、彼女は、あたしに渡したのと同じディスクを持っている筈。ということは、レイディをとらえた敵がそれをみつければ、すぐさまレイディを殺してしまうのではなかろうか。これにて一件落着。そう思って。

だとしたら。だとしたら、あたしは。

「おい！　あゆみ！」

電話口で太一郎さんが叫んでいた。

「おい！　あゆみ！　あゆみちゃん！　森村あゆみ！　なあ！」

「……ん」

のろのろ顔をあげる。

「おまえが何考えたかは知らんけど、とにかく俺の言うこときいてくれ。部屋から出るな。たのむ」

「いくら太一郎さんのたのみでも、それ、きけない」

「どうして！　頼むよおい」

「駄目」

「あゆみ！」

とっても真面目な顔。いつものあたしなら、怖いって思ったかも知れない――ううん、今でも怖い。けど。

「いいか、よく聞けよ」

けど。いくらそんなに怖い顔しても、あたし、今回は言うことときかない。

「これは、俺と真樹子の問題なんだ。俺に……ほれてくれた女と、俺のほれた女の」

「だとしたらあたしの問題でもある訳よ」

少し、笑ってみせる。

「だって……あたしのほれた男と、あたしのほれた女の問題なんですからね」

我、ことにおいて後悔せず。

後悔しないのって――後悔しないようにするって、場合によっては、後悔することよりずっと辛いことなのよ。

そう言った。あの人——レイディは。

そう。今、ここで、太一郎さんの言うとおり、お部屋に閉じこもって麻子さん達まってて、で、レイディが殺されちゃったら。その時後悔する方が、それでもまだ、今、何かするより楽なのだ。楽な道を選んじゃったから——後悔するんだ。

あたし……レイディ、好きよ。本当に……好きよ。あの人を守ってあげたいと思った。だとしたら……。

あたしだって、後悔は、絶対したくない。楽な道をいきたいのは確かだけど——でも、それ以上に、後悔をしたくない。

「あゆみ!!」

電話口で絶叫している太一郎さんにウインク一つ。

「大丈夫。あたし、ぜえったい、死んだりしない」

目を閉じる。いつかの——火星の夜景を背に微笑んだレイディを思い出して。そうよ。

「誰が……誰が、従容として運命に従ってやるもんですか」

「あゆみ!!」

叫ぶ太一郎さんの顔、ちょっと眺めて。あたしは、電話を、切った。

軍神マルスの化身。あたし、アフロディテには愛されてなくても、エロスには愛されてなくても、マルスには愛されてみせる。誰が何と言おうと。マルスも災難だろうけど。

★

軽く頭なぜて。

「バタカップ……おいで」

まず、れーこさん家《ち》へ行って。あずけてあったバタカップ——あたしの猫——をひきとった。

「ちょっと重いかも知れないけど……我慢するのよ」

バタカップの首に、ハンカチで例のディスクと粉をくくりつけ。心の中で呟く。もしも——もしもあたしが死んだなら。これ持って、太一郎さんの処へ走りなさい。一生に一度くらい、伝書猫やってもいいでしょ。

あたしは、決めていた。

何故、みんなしてあたしを守りたがるのか。答はたった一つ。放っとくと、あたし、殺されちゃうから。

言葉をかえれば。かくれていたって、敵があたしを殺しに来てくれるから。

だったらあたしはかくれまい。堂々と自己宣伝して——敵にむかえに来てもらう。

あたしはここにいるのよ。あたしは何もかも知ってるのよ。レイディだけ殺したって意味はないのよ。あたしが、いるんだから。

スカートの下にガンベルトまいて、麻酔銃つける。それからショルダーバッグに出刃包丁。

バタカップ抱きあげて。

「行くわよ、バタカップ」

あたしの決意のほどが判ったのか判らないのか、バタカップはみやうって鳴いた。

☆

バスケットにバタカップいれて、アパートを出た。

考えていた。レイディのこと。

確かに、こんなこと――あのディスクの中身、うかつに人には見せられないだろう。ことがあまりに大きすぎる。

シンクタンク・No・41。30以上のナンバーをふられたシンクタンクは、個人もしくは何人かの共同出資者による私有の物の筈だから……。あれだけ立派な――少なくとも、ディスクに映った廊下は立派だった――建物を造れるんだから、出資者は相当の大金持ちでしょうね。そして、あのシンクタンクで造られたティディアの粉を買える人達――やっぱり、大金持ちか相当の権力者だろう。この二つをあわせると……軽く二桁へいくような数の地球の大金持ち！

そんなに大勢の、そんな大金持ちや権力者を相手にして、一般の民間人がどうこうできる訳がない。そうよ、素直に殺されるしか手はないわよ。レイディの手紙にあった、田口さんって人だって、たちうちできるかどうか。

あのディスク、手にいれたはいいけど、普通の人には見せられないな。その人が危なすぎる。その人が……。

そんなことを考えながら、あたしはぼけっと歩いていた。アパートを出て、少し歩いて。

少し歩いて、ムービング・ロードに乗った。

ムービング・ロードおりて、地下鉄に乗った。

なのに。これだけ、これっだけあっちこっちを歩きまわったのよ。すきだらけで。なのに、どうして誰も殺しに来てくれないのよ!

殺して欲しいとは言わない。そりゃ、言わないけど、こんなに徹底的に無視、して欲しくない。

そりゃやさ、殺し屋さんだって万能じゃないんだから、一々、あたしがどこにいるのかなんて把握してなくたって無理はないよ。

自分で一所懸命、自分をなぐさめて。

でも、殺し屋さん、来てくれないと困る。レイディの居どころっていうのが、杳《よう》として知れなくなってしまう。

うーん。一所懸命、考える。うーん。

あ、そうだ！

急に思いついた。殺し屋さんにあたしの居どころを正確に把握させる手がある。おまけに、どんなに有能な殺し屋さんでも、決して殺すことのできない人に、レイディのディスク、見せることができる。うっふっふ、一石二鳥！　あたし、かしこい！

あたし、にこっと笑うと、バスケットの中のバタカップの頭をなぜた。

「見ておいでバタカップ……おまえの飼い主はねえ、今から火星史上に残るような犯罪、おかしてみせるからね」

★

その建物は、白かった。白亜のビルディング。大きくて、堂々としていて。

腕時計を見る。午後八時——夜のとっかかり。そのビルディングのあたりは、それでも白々と明るかった。ずいぶんと照明、立派なもの使ってるんだろうな。

夜、八時、か。ＴＶのゴールデン・アワーだわ。21チャンネルでは、確か今の時間帯、生の歌番組をやっている筈。15チャンネルでは、生のニュース。生番組って、今、すっごく数が少なくなっていて、そのせいでこの二つの番組、かなりうけていた。司会者や歌手、ニュースキャスター達が、とちるのが面白いの。……ま、悪趣味とは思うけど。

歌番組とニュース。これは絶対ニュースの方がいいな。とらぬたぬきの皮算用。歌手十数人とニュースキャスター一人。絶対後者がいい。

うん。

あたしのめざす白亜のビルディングは——かような事情で——15チャンネルの番組作ってる火星放送センターNo・15。何するのかって？　もう大体お判りでしょ。

★

玄関で、少し悩む。

どうやってはいったもんかしら。うん。

あたしの前を、すこし太り気味のおじさんがはいってゆく。まっすぐはいって、受付嬢に二言三言ささやいて、すぐ廊下を折れた。うん。勝手にはいっても、あまり文句言われそうにない雰囲気。

あたしはすたすたはいって行った。

まっすぐはいる。うすいクリーム色で統一された壁と床。きれいだけど、少し非人間的ね。

左に折れようとする。と。うしろから、赤系統の制服とおぼしきものを着たおじさんが近づいてくる。やば……ガードマンかな。

「あの」

機先を制してこちらから話しかける。

「放送センターNo・15にどんな御用ですか」

ガードマンさんは、ひたってこっちを睨んでいる。やっぱ、あれね。受付無視したのが、やばかったんだわ。

「あの……こちらにつとめている者に会いたいんですが。急用なんです」

「そのような件でしたら、一応受付を通して下さい」

「あ……はい、すみません」

少し、顔を赤くしてみせる。

「こういうとこ、初めてなんで」

あたしが、よっぽどうぶな田舎娘に見えたのかなあ、ガードマン氏、目の色が少し優しくなった。けれど。これであたしは、受付嬢に何かしゃべんなきゃいけなくなった訳で——困ったよお。火星放送センターNo・15に知りあいなんて、勿論いない。

とにかく受付へ行く。

「はい、何でしょう」

受付嬢のさわやかな微笑が憎たらしい。

「あ、あの……」

えーと。

「こちらにつとめている、鈴木に会いたいんですが。親戚の者なんです」

鈴木さん。リトル・トウキョウが、地球の日系人の街である以上、この名前が、相当多い筈。放送センターは結構大きな組織なんだから、鈴木さんの一人や二人、いたっていいよね？

「どちらの鈴木でしょうか」

受付嬢、あいかわらずにっこりと。やば、鈴木さん、いすぎちゃうんだ。複数いるのね。

「えーと……あの、すみません、所属は聞いていないんです」

「どのような御用件なんですか」

受付嬢、とたんに嫌な顔つきになる。疑われちゃ、まずい。えーい、あたし、慌ててかすかに涙ぐむ。

「私、遠縁の親類の者で……鈴木さんがこちらにおつとめしてるってことしか知らなくて……。

で、あの、鈴木さん、こちらに実家ないでしょ？　彼のお母さんが、あぶないんです。危篤なんです。今晩が峠で……。でも、それを知らせようにも、火星に住んでいるのが、遠縁の私の家の者だけなんで……」

「火星に実家のない鈴木さんていうと……鈴木広和《ひろかず》さんですか？　ドラマ部幼児番組班の」

あたしの涙のおかげでか、お母さんが危篤の文句がきいたのか、受付嬢、ファイルを繰って調べてくれる。もうこれは、この機に乗じるしかない。

「あ、ひろおじさん、そうです」

ひしっと、すがるような目で受付嬢を見て。

「判りました。鈴木に連絡致します。あの、失礼ですが、そちら様は？」

やばい。これで、受付嬢が鈴木広和氏に電話して、受付にこれこれこういう人が来ていますって言って、で、鈴木さんがそんな子知らんって言ったら……けど、ここで黙る訳にいかない。

「森村と申します」

「はい、森村様ですね」

受付嬢が電話にむかって話すあいだ、あたしはひそかにスカートの下にあるものにふれていた。最悪の場合は、これを使うしかないだろう。でも、神様、どうか……。

電話をおえて、こちらを向いた受付嬢の目には、しかし、疑いの色は全然うかんでいなかった。むしろ、同情の色。

「すみません。鈴木は今〝お母さんと読む童話〟の録画の為、スタジオにはいってしまったので……一時間ばかり、待って頂きたいのですが」

「一時間……」

あたし。呆然の態《てい》をよそおう。と、受付嬢は、実に同情に満ちた目つきで、左側の応接セットを指す。

「すみません、しばらくそこでお待ちになって頂けませんでしょうか」

それは、頂けない。一時間ここで待って、鈴木氏に会って、こんな子知らんって言われたら困る。

「すみません……」

泣き声。

「一刻も早く、ひろおじさんにこのことを伝えたいので……あの……その、スタジオの前で待っていてはいけないでしょうか」

「スタジオの……前で？」

「はい」

いきおいこんで、大声。

「あの、絶対、本番中にドアあけたりしませんから」

「……そう……ねえ……」

受付嬢、ひとしきり考えこむ顔して、あたしにウインクしてくれた。

「判りました。特別の場合ですから、どうぞ。〃お母さんと読む童話〃は、スタジオ305でとっています」

簡単な略図まで描いてくれた。

「ここのとなりのスタジオ307で〃八時のニュース〃っていう生番組とってますから、絶対、スタジオのドア、あけないように注意してね」

「あ……はい」

しめた。八時のニュースのスタジオ。すぐ近くみたい。

「それから」

お辞儀して行きかけるあたしの背中に。

「おかあさん——いえ、あなたにはおばさん……何になるのかしら、助かるといいわね」

「……どうも」

深々と一礼。それから、思わず目をぬぐった。今度は——今度こそ、演技でない本物の涙。

ごめんなさい。御好意に甘えて。あたし、これから、悪いことしようとしているのに。

ごめんなさい。嘘ついて。鈴木さんのお母さんが危篤って、嘘です。でも……レイディが、あたしのレイディが危篤に近い状態であるっていうのは事実なんです。

ごめんなさい、本当に。もしあとで、あたしを通したかどで、受付嬢が怒られることになったら本当に申し訳ないと思う。ごめんなさい。

ほんとにごめんなさい……。

★

二つ角をまがって、エレベータに乗った。

さすがに中にはいっちゃえば、もう誰もあたしをとがめる者はいない。あたしも、訳知り顔に——いつもこの辺歩いてる、アシスタント・ディレクターとか、ちょい役のタレントみたいな顔をして、ろくに略図も見ずに、すたすた廊下を歩いてゆく。

クリームイエローの壁にいのって。

レイディ。

どうか、生きていてね。

レイディ。

どうか、死なないでね。

そしてあたしは、スタジオ307のドアの前に立った。

深呼吸、一つ。

がんばるのよ、あゆみ。これにレイディの命がかかっているんだから。自分にそう言いきかす。

がんばるのよ、あゆみ。あんないい人の受付嬢だましてここまで来ちゃったんだから。

ドアの前に人影はない。赤々と点滅している〃本番中〃のランプ。

がんばるのよ、あゆみ。

あたしはドアを開けた。

★

まず、ニュースキャスター氏の、ぽかんとした顔が目にはいった。いくら何でも、生番組の本番中に、スタジオのドアをあける莫迦者がいるとは思わなかったんだろう。それから慌ててニュース原稿の続きを読みだして。ガラス一枚へだてたむこうの部屋——そこで音量調整だの何だのしているんだろう——にいた、数人の男の人が、慌てて立ちあがるのが見えた。

あんまり時間がない。

駆けだす。

訳が判らず呆然としているニュースキャスター氏のうしろにまわる。右手には、今、ショルダーバッグの中からとりだした、出刃包丁握りしめて。

「動かないで！」

ニュースキャスター氏にそう叫ぶと、マイクを奪いとった。

「こんばんは、ＴＶを見てるみなさん。あたし、森村あゆみといいます。たった今、この番組をのっとったことを御報告致します」

ガラスのむこうの部屋で、男の人が何やら手を動かすのを見て叫ぶ。

「駄目よ、番組切っちゃ！　あたしの仲間がこの番組見てるんですからね！　もし、〝しばらくこのままお待ち下さい〟なんてカードが出て、番組が中断されちゃったら、仲間からあたしの処に連絡がはいるんですからね！」

腕時計――単なる腕時計をさも重大な通信器の如く、ふりまわしてみせる。それに、おそらく番組を切られることはないだろうという確信が、あたしにはあったのだ。これは生番組――ニュースキャスターさんがとちったり、ちょっとしたドジがあったり――ハプニングを見るのを楽しみに、人々はＴＶの前に坐るわけ。だとしたら、番組のっとりなんていうの、これは空前の一大ハプニングの筈。

「そんなことになったら、このニュースキャスターさんの首、胴体から切りはなしちゃうから！」

「ば……莫迦なことはやめなさい」

ニュースキャスター氏、呆然と小声を出す。

「こんなことをして、つかまらない訳が……」

「つかまってもいいの！」

あたし、マイクにむかって叫ぶ。

「何であたしがこんな無謀なことしたと思う？　今——たった今、この宇宙で、何の罪もないのに——むしろ、悪人を告発しようとしたが為に殺されかかっている女の人がいるの——いるんです！　おまけに、彼女のことは、どういう訳か決して報道されない。あたしは彼女を殺す訳にはいかないから——彼女を助けたいから、こんな無茶苦茶な行動に出たんです。彼女は、とある事実を知ったが為に、命を狙われていました。ですから彼女はおそれたんです。その事実を他人に告げて——で、そのせいで他人が殺されることを。あたしも、あたしのせいで人が殺されるのを見るの嫌。だからといって——大人しく殺されてなんか絶対あげない。で——思いついたんです。一人二人にこの話をしたら、その人が狙われる訳でしょ？　だから、どんな殺し屋とはいえ、とても殺せないような大人数——この件を公共の電波にのせちゃおうって。……駄目ってば、スイッチ切っちゃ！」

ガラスのむこう側にいる人達に視線を走らせて。

「すみませんけど、その中で、手を放してもいい方一人、こちらへいらして下さい。決して何もしませんから」

ガラスのむこう側で、男の顔がみにくくゆがむ。

「早く来て！　さもないと、この人――このニュースキャスターの人、首なくなっちゃうんだから！」

ここで失敗したら――あの映像を流せずに、警察につかまっちゃったりしたら、レイディの命がない。そう思うとあたし――それこそ死にもの狂いで包丁を握りしめる。あまりの緊張に、手がぶるぶる震える。それが逆に一種の迫力をうみだしたのだろう、若い男がしぶしぶこっちへやってくる。

「バタカップ」

猫を呼んで。

「この猫の首の下にあるディスク、放映して下さい」

若い男、どうしていいのか判らないって顔をしている。

「このディスク流してよ！　早く！　ニュースキャスターさんが死んでもいいの！」

涙、でてきた。目がくもる。

「映そう。あの女の子、確信犯だ。一番あぶない」

調整室からもう少し年配の男の人が出てきて、若い男にささやくのがかすかに聞きとれた。

「それに……これは多分、今年一番のヒットだぜ。番組のっとりの実況中継なんて初めてだろ」

そうよ。心の中で呟く。おまけにこれ、電波にのっけちゃえば、間違いなく今年一番のニュースになる筈なんだから。そのまま素直に映しなさいね。

手が、まっ白になっているのを見て、慌てて少し深呼吸。若い男は、とにかくディスク持ってあっちへ行った。何か操作している気配。

「ちゃんとTVに映してね。あたしの処には、万一そっちがちゃんとやってくれない場合、仲間から連絡がくることになってるんですからね！　……さて、えーと、TVを見ているみなさん。これから映される映像を、よーく見ていて下さいね。これのせいで、もう何人――いえ、何十人もの人が、命をうしなったんです」

はてさて、今、ちゃんと画面が切りかわって、あの映像、映ってるんだろうか。ここからだと、確かめる手だてが……あ。あった。この部屋の一番端にあるモニターテレビ、あれに、包丁かまえたあたしが映ってる……と思うや否や。

画面がかわった。例の、白い廊下。レイディの映像がはじまったんだ。

☆

しばらくの、虚脱状態。はふ。

あたしはとにかく、例の、レイディが世に知らしめたかった映像を、全世界に公開したって事実で、もう、満足していた。それに、これで殺し屋の一個連隊はこっちに向かうだろうし。

一方、TV局の人も、そのディスクのあまりの内容に、しばらくぼけっとしていたみたい。ディスクがおわったあと、五、六秒、白い画面が続き、そのあと、慌てて画面にはまた、包丁かまえたあたしと、あたしにとりおさえられたニュースキャスター氏とが映りだした。

「今のは……本物ですか」

毒気を抜かれた声で、ニュースキャスター氏が聞く。

「本物よ。あなた、あの子供達が役者なんかに見えた？　あの……折れた骨が、贋物《にせもの》に見えた？　あの……」

あの映像。思い返すだけで、怒りで目がしらがあつくなる。

「あの……まるで動物みたいに飼われている子供達が……」

「本当に……」

「本当に」

あたし、たいこ判おして。それから。

「もし疑うなら……バタカップ！」

仔猫を呼ぶ。

「ここに、その問題のティディアの粉があります。証拠が欲しかったら、火星の名誉市民の田口先生にこの粉を分析するよう、たのんでみて下さい」

キャスター氏に、粉を渡す。

「いいですか」

それから、あたしの方をむいている、カメラにむかって。

「この状態で、もし、このティディアの粉の件がうやむやになっちゃったり、このニュースキャスター氏が死んじゃったりしたら、それはすべて、誰の差しがねか、お判りでしょう？何人か判らないけど、とにかくこのＴＶを見ているみなさん全員が証人です」

「今の話……本当なんですね」

キャスター氏が、念をおす。

「絶対本当」

「だとしたら」

キャスター氏、顔をおこした。

「その包丁、ひっこめて下さい。何でしたっけ、今の話を知ってしまった為に、命を狙われている人がいるんでしょ」

「え……まあ」

「その人の特徴とか、誰に狙われているのかとか、話して下さい」

「は？」

ことのあまりの成りゆきに、あたし、呆然。

「今の話が――今の、あの絵が本当なら」

キャスター氏、とっても興奮しているみたい。あたしのかまえた包丁なんか、眼中にないってムードで身をおこす。

「僕も、人類の一員として、絶対、あんなことを許しておけない。……僕にも、今年六つの子供がいるんです。子供達にあんなことをするなんて、絶対、許せない。あの子たちの……あそこに、裸でとじこめられている子供達の仇をとってやりたい」

……目に涙がにじんでる。あたし、思わず包丁をおいた。

「もとよりくびは覚悟です。でも、今の時間帯――八時から九時までは、僕の時間帯なんです。今の話は、今日流す筈だったどんなニュースより大きな事件です。今日は、今の話をメインにして、番組を構成したいと思います。あんな無防備な子供達の脳を切りとるだなんて……あんなこと」

きっとあたしの方を向く。

「お嬢さん、マイクにむかって話しなさい。今日の番組は、僕の責任において、この事件の公開捜査にします」

☆

あたし、大好き、日本人って。

お涙ちょうだい物が好きで、判官びいきで、なにわぶしの好きな人種……ほおんとに、大好き。

あの映像見て、ニュースキャスター氏を中心に、番組作る人達——それから、番組見てた人達までが、あたしに協力してくれた。

まず、レイディを見たって電話が、次から次へとかかってきた。ただ……あたし、レイディの写真、持って歩いてなかったでしょ。どうも表現がいまひとつ正確でなかったらしく……早い話、レイディに似た人って、山程いるのね。電話信じたら、レイディ、およそリトル・トウキョウの全区にいるみたい。

それから。この番組のチーフ・ディレクター氏が、先刻から外へ出て、TV局の責任者と話しあいをしてくれているらしい。らしいっていうのは、今、スタジオのドアはしっかりしめられていて、誰もこの放送を邪魔しないよう、内側から、調整室にいた人達がそれをおさえているから。外の様子は皆目判らないのだ。

そして。わきあがる、声。声。これはのちに知ったことなんだけど、このあと丸三時間にわたって、火星放送センター№・15の電話は鳴りどおしだったらしい。

今のディスクが本当なら。地球を、許しておくわけにいかない。田口先生に粉を早く分析させろ。今の件について火星政府の公式見解を知りたい。

ありがとう。ありがとう。ありがとう。

TV局の人に、ニュースキャスターさんに……そして、全世界の人に、こう言いたかった。ありがとう。

それから。わきあがってくる思い。

レイディ。絶対、助ける。絶対。これだけの人が味方してくれてるんだもの。レイディ。と。心の中で、全世界にむかって、何回めかのありがとうを言った直後。あたしはむかえが来たのを知った。

ドアをおさえていた人達が、一斉に〝あっ〟と叫んで手をはなした。ドアに一点、赤い汚点《しみ》ができ、それがずんずんひろがってゆく。

この状態で、レイ・ガンでドアを焼き切ろうって人がいたら……それは、〝敵〟だわ。あんなもん、下手に使ったら、死人が出るんだから。――ということは。万に一つも、TV局の人が、レイ・ガンを使う可能性はないってこと。職員をくびにする管理職はいても、職員殺す管理職はいまい。

「さがって！」

我ながらほれぼれする程――信じられないくらい、凜とした声が出た。

「どうやらあたしのおむかえが来たみたい。木谷真樹子さんをさらった連中の……一味が」

あたし、ＴＶ関係者全員を背にかばうように前に出る。バタカップは、訳も判らず興奮して、さんざ鳴いていた。スカートの下に手をいれる。スカートの下、ふとももにまいたベルト探って。これ、一応、ガンベルト。麻酔銃があるんだけれど……どうか使わなくてすみますように。

今までの練習で判ってんだ。これ、どうせ、あたりゃしないってこと。

PART Ⅶ レイディとの再会

どうっ。

大きな音がして、ドア、内側にたおれた。

ドアのあっち側に立っていたのは——やったぜ！　——例の、木谷信明と名乗った男。彼に聞けば、レイディの消息が判るだろう。……彼が素直に白状すればの話だけれど。

「動くな」

あたしの手が、まさに麻酔銃をさぐりあてたその瞬間、彼は大声を出した。彼の手に握られているのは——当然、レイ・ガン。おまけに彼のうしろには、何人か、嫌な目つきの男が立っていた。

「その腰につけている銃を捨てろ。妙な動きをしたら、この部屋にいる人間、片っ端から殺してやるからな」

うーむ。ここで素直に銃を捨てる訳には……でも、無関係の人を……。

「早くしろ！」

「あ、はい」

慌てて素直に銃を捨ててしまった。

「麻……酔銃？」

あたしが床におとした銃をひろった、背の低い男、呆然と声をあげる。

「おまえ……たかが麻酔銃一つで、何しようとしてたんだ」

あきれたのか、木谷信明と名乗った男も、呆然とあたしを見る。

「たかがって……他に銃、なかったんだもん」

こう言われたら、かちんとくるわよ、あたしとしても。

「たかが麻酔銃って言うけどね、最大出力で撃てば、心臓の悪い人は死ぬんだからね！」

「あいにく俺は心臓は悪くないんだが」

「そ……残念ね」

目はあくまで、にせの木谷信明氏をにらむ。不思議と、怖いとは思わなかった。怖いより何より——許せないのだ。

許せない。あたしの全存在にかけて。

「レイディは……木谷さんは」

うなるが如く言う。

「生きてるよ、まだ。おまえの住所を聞くまで生かしておくつもりだった。もう、用はないな」

男、目を細める。

「あら、そんなにあたしのことを気にしてくれたなら、あたしに会えて嬉しいでしょう」

「嬉しいよ。本当に。殺してやりたいくらい嬉しい」

男の指が――あたしの胸をぴたっと狙ったレイ・ガンを持った男の指が、ぴくんと動く。あたしは思わず身を伏せて――そして。

ガシャン！　凄い音がして、うしろのガラスが割れた。あたしの反射神経もすてたもんじゃ……あ。違う。バタカップ。

バタカップは、かしこいことに飼い主の危機を悟ったらしい。男の顔にとびついて、思いっきり彼の顔、ひっかきまわしている。

「よせ！　この！　莫迦猫」

「バタカップ！　負けんじゃないわよ！」

叫びつつ、床を転がる。男の足をつかんで。あ、でも、駄目。うしろにいたもう一人の男のレイ・ガンが、あたしに狙いをつけた。

も、駄目、かな。

目をつむる。

どおって音。ふっと目をあけると、敵の過半数が何故か床にたおれていた。あ。

「中谷広明参上」

たおれた敵のむこう側に、にっと笑って。中谷君と麻子さん、熊さんがいた。

★

「ど……どうして、ここへ」

「莫迦あゆみ」

中谷君は、いともたやすく、手近の敵をぶんなげて、笑ってみせる。

「あれだけ派手に宣伝すりゃ、誰でも判る」

「所長と連絡ついたの」

麻子さんは世にもしあわせそうな顔して、にっこり笑いつつ、麻酔銃の引き金をひく。

「すわりなさい。違う、ちゃんと正座！　君のお父さんお母さんが、今どんな気持ちでいるか、考えたことがあるかね」

熊さんは、けんかのさなか、相手方の一番若い男をつかまえて、お説教はじめた。

「な……なんなんだ、これは」

木谷信明と名乗った男、呆然と口をあける。その間も、中谷君は手あたり次第に相手をぶんなげ、麻子さんは敵の手をとり「所長と連絡ついたのよ」っつっちゃ抱きつき、呆然としている相手を麻酔銃で撃ち、熊さんはお説教続ける。

「何なんだこれはってつまりね、形勢が逆転したってこと」

あたしは床に転がったまま、彼の足をすくう。

「真樹子さん、どこへやったの！　白状しないとひどいから！」

男は、いも虫の如くはって逃げる。逃がしてたまるか。あたし、足にすがりつく。男、けとばす。バタカップが男の足をひっかく。二人してかみつく。またけられる。

男とあたしは、おにごっこしながら、三階から二階へおりる階段にむかう。男、時々思い出したように、レイ・ガンであたしを撃って、あたし、そのたびに身を伏せる。この運動量の差故にか、あたしと男、まるまる一階分、差がついてしまう。

二階から一階へおりる階段のおどり場の窓から、玄関を強行突破した男が車へむかうのが見えた。あ、しめた。男、レイ・ガン捨てた。きっと空になったんだろう。でも……車にのられちゃったら……えーい、玄関まわってちゃ間にあわない！

あたし、ショルダーバッグをふりまわすと、窓を破り、ためらわず、一メートル少しむこうに見える車の屋根へとびおりた。

何とか無事、屋根に着地。うー、足がじーんとしびれた。

「くそっ！」

今にも発車しようとしていた車から、男、慌てて出てこようとする。と。

「あゆみ！　そいつをおさえとけ！」

あたしが破った窓から、中谷君の叫び声。

「畜生！」

男、再び車の中へもどり、車はもの凄いいきおいで急発進した。あたし、思わず前にのめりそうになり、慌てて屋根の上にへばりついた。

まけるもんか。絶対後悔してやらない。誰が運命になんて従ってやるもんか。

はるかうしろで、中谷君が誰かのバイクかっぱらっておっかけてくる様子。早くおいついてよ中谷君。早く。

死にもの狂いでしがみつく。奥歯をくいしばる。ぎりっという、嫌な音がする。あまりにも全身に力をこめすぎた為、腕ががくがく震えるのを感じる。

でも。絶対、あたし、ここから落ちない。落ちてやるものですか。

「あゆみ……」

中谷君の叫びとバイクの音、段々、小さくなってしまう。そうか、こっちの車の方が、出力が大きいんだ。こうやっていてもひきはなされるだけ。

でも。どうしたらいい？　どうしたら。

バイク、点になり、ついに完全に見えなくなってしまう。と、車、脇道にはいり、急停車。あまりにも全身に力をこめすぎていたせいだろう、あたし、車がとまるのとほぼ同時に、車の左側におっこちた。

ほっ。かなり郊外へきていて、おまけにわき道にはいっててくれてよかった。草が相当はえてる。そんなにひどく体をうたない。

あたしが車の左側でねそべるのとほぼ同時に、右のドアがあいた。

「……いないな」

男の声がきこえる。あたし、慌てて車の下にすべりこむ。

「どこでふりおとしたんだろう……ま、いいか。しかし……」

舌打ちする音。

「この車も、足がついちまうだろうな。しかたない、あとは歩くか」

男、車のまわりをぐるりと一周してから、どこかへ歩きだしたみたい。ほっ、車のま下にもぐっててよかった。

ねそべったまま、男の足だけをみつめる。つけなければ。きっと、レイディの処へ行くだろう。

あたしはそっと、車の下からはいだした。

★

運がよかった。バタカップに感謝。男は、足に、わりとひどい怪我をしていたみたい。いきおい足をかたっぽひきずって。

あまり男に近づくと尾行がばれる。その心配があるから、あまり男に近づけなかったあたし、その足をひきずった跡、時々にじむ血の跡をたよりに、男をつけることができた。歩くこと十分たらず。

ふいに、男の跡が一切消えた。男、裏道出ちゃったのだ。アスファルトの道路。ここでは足ひきずっても跡がつかない。

完全に、リトル・トウキョウの端っこだった。ずっとむこうに、ドームの壁。その手前のところに、古い小屋。第一期移民の小屋、かな。すごい歴史ものの。前に車が二台とまってる。

あの小屋の中か……あるいは、リトル・トウキョウ出ちゃったか、だ。リトル・トウキョウを出られたら——とても探せないだろうと思う。どうか神様——あの小屋の方に。

あたし、猛然と、その小屋へむかって駆けだした。

ばたんっ。

ドア、けりあけて。中には、五人ばかり男がいた。一人は例の木谷信明と名乗った男。あと四人は知らない。全員、一斉にこちらへ注目。やったぜ、こっちだ！

「レイディどこやったのレイディ！」

あたし、叫ぶ。

「おまえ、どうやって……」

木谷氏も、同時に叫ぶ。

「あゆみちゃん！」

部屋の隅で、同時に叫び声が聞こえて——あ、レイディ。生きてた。少なくとも口きいた。

「あなたって人は、ほんっとに単刀直入なのね……」

笑ってる。笑ってるってことは。そんなにひどいことされてないの……かな。

「ここつきとめたんなら、もう少し……何ていうのかな、こっそりしのびこむくらいのこと、したっていいのに」

あ……そういえばそうね。と、思う時にはもう遅く、気づくとあたし、五つの銃口に睨みつけられていた。

「レイディ、無事？」

もう、どうせ銃の前にいるんだから、撃たれんの、気にする気にもなれんわい。

「今のとこ、ね」

今のとこ、無事——なんて言っていいのかな。

レイディは、ぼろぼろだった。服が破けて唇の端が切れてる。顔なぐったわね。顔は女の命だっつうのに。のみならず。椅子にがんじがらめにしばりつけられてて。うしろにまわされた細く白い腕が痛々しい。こ、こんなひどいことをして……。うー……許せ、ない。

逆上した。完全に。

と。急にひんやりとした声がきこえた。

「村田《むらた》。早いとこその女をつかまえろ。外へ連れてって殺せよ。あまり血は見たくない」

「何言ってんのよ！　あたし、殺される為にわざわざこんなとこまでやってきた訳じゃないんだから」

あとずさる。

「そっちにその気がなくても、あいにくこっちがその気なんだ」

贋の木谷氏が、つかつかこっちへ寄ってきたから、多分この人が村田さん。

「あゆみちゃん、ごめんなさい。こんなことにまきこんじゃって……」

レイディが、何とも哀し気な声を出す。

「天国で謝るんだな」

背中がドアにつかえた。もう逃げ場がない。

「でも、せめて、あなたがあの書類を誰かに託してくれたであろうことが救いだわ」

書類？

「書類？」

ひんやりした声の男が、あたしのかわりにレイディに聞いてくれた。

「シンクタンク・No・41の裏の経理のコピーよ。あれを見れば、誰が、いつ、何の目的でどれだけ入金したか、すぐ判る。安川《やすかわ》さん、あなた、足がつくのもすぐだわ」

あたしそんなもん……あ、そうか。

「何だって!? おまえがそんなもの、持ちだしたなんて話は……」

安川さんとかいう人、目をまん丸にしてうめく。

「持ちだしたんじゃなくて、コピーとったの……。ふふ」

にこやかに笑うレイディ。そうだ、話、あわせなくっちゃ。

「あ、あのコピー」

大声でわめく。今、殺される訳にいかない。とすると、連中の知らない有力な証拠を、こっちがまだ握っているかのように見せるって、一つの手じゃない？ あのディスクだけでは、まだ、具体的に誰がこの件にかんでいたか、判んないんだ。とすると、ここにもう一つ、具体的な証拠があるっていうの、連中にとっては気になる話の筈。

「あれは大丈夫です。ちゃんと……」

言葉につまる。誰かに渡したことにして、それでその人が狙われちゃったら……どうしようもない。

「ちゃんと……安全なとこにかくしてあります。誰も思いつかないような安全なとこで、でも、数日放っといたら、誰かが絶対気づいてくれるとこ」

「そんな都合のいいところがあるか！」

村田さんが叫ぶ。確かにないだろうなあ。

「じゃ、そう思ってたらいいでしょ。ふんふんふん」

余裕をもって笑顔を見せて、近よってくる村田さんを、無造作にけとばす。

「お、おまえな、少しは自覚しろ！　銃が狙ってんだぞ！」

「撃ちたければ撃てば。そのかわりあたし、あんた達全員、道づれにしてやる」

「丸腰でどうやって」

「……それ、今、考えてる」

「ふざけるなよな！」

したたかに村田さんにほおぶんなぐられた。抵抗する間もなく、両手をひねられて。痛いじゃないの。この莫迦！

「ふざけてないもん！　痛いな、手、放してよ」

「放してよって言われて放すと思うか」

「思わないけど放してほしい」

「あんたな」

両手をねじられた状態で、右ほおをひっぱたかれた。しょっぱ……血の味。口の中、切れちゃったじゃないの。

「常人とどっか思考回路が違うな。つかまってんだから、少しは大人しくしろよ」

「やだよ」

「あんたが口きくと、調子狂うんだよ」

「そんなのはそっちの勝手でしょ。精神修養ができてないんだわ」

「村田」

低い、安川さんの声。あきれ果ててるみたい。

「そんなガキのペースにまきこまれてどうするんだ……つかまえとけよ」

机の上においてあった注射器をとりあげる。ガラスの小びんをだし、中のうす青い液体を注射器の中にいれる。

「そういうことなら、聞くだけのことを聞いてから、殺すことにしよう」

「それ……何」

「自白剤。うたれる前にしゃべっちまった方がいいぜ。さもないと、運が悪ければ精神障害おこす」

村田さんが解説してくれる。

「あたし、運、いいもん」

と言いながらも、身をよじる。絶対に、あんなもん、うってほしくない。

「確率的にいっても、おまえは自白剤がきく体質の筈だ」

「確率……的？」

「そっちの木谷って女には、まるでこれがきかなかったんだ。自白剤がきかない体質ってのは、千人に二、三人だからな。それが二人もそろう訳がない」

レイディに……そんな、一つ間違えば精神障害おこすような薬、うったのか。ゆ……許せ、ない。

「村田」

注射器持ってる安川さんの声、段々苛々してくる。

「どうせ殺すガキに、そんなにいろいろしゃべって聞かせることはない」

「はい」

村田さん、しゅんとしちゃった。困ったな。あたしの台詞に調子あわせてくれるの、彼だけなのに。

注射器の針が近づいてくる。

近づいてくる。

あたしのむきだしの腕、うしろでしっかり村田氏におさえつけられてて、全然動かない。力をこめても、かすかに筋がうきあがるだけ。このままじゃ、うたれちゃう。うたれちゃう。あ、あ、あ……。

注射器の針、あたしの右腕にくいこんだ。

☆

とおっても、気分、良かった。

なんだかうんとお酒のんだみたい。

痛みがすうっと引いてゆく。

なあんだ。

のろのろ考える。

自白剤って、こんなに気分いいものなのお。なら、素直にうたれればよかったよお。

視界がうすいピンクに染まる。重力、なくなった気分。ふにゃあ。

「名前は」

どっか、すごおく遠いところから声が聞こえてくる。目前にいた筈の男達の姿が消失した。かわりに五つ、おぼろげな影が立っている。それも全部、濃いピンク。気分いい。何だってしゃべっちゃいたい。

「えっと、森村あゆみ。今二十歳と十ヵ月ちょっと。八月生まれ。しし座。血液型がOでね、母親がB、父親がO、お兄ちゃんもO。学歴はね……」

「聞かれたことだけ答えればいい。書類はどこへかくした」

「どの書類?」

頭、完全にぼけてる。

「ディスクはね、TV局においてきちゃった。火星放送センター・No・15。あそこに入るの、なかなか大変だったのよお。まずガードマンさんにとめられてね、それから受付の人を」

「ディスクじゃない。書類!」

「あ、ティディアの粉はね、そこのニュースキャスターさんにあずけてきたんだ。その人がねえ、すっごくいい人なの。六つかそこらになる子供がいるっていってた。男かな、女かな、かわいいだろうな、子供って。あたし、これでも一応女の子だったりするから、あこがれるのよね、結婚って。子供も欲しいし……。選べるものならね、やっぱ、第一子は女がいいな。でね」

「聞かれたことだけ答えろ！」

「あ、粉か。粉はね」

「粉じゃない！」

「じゃ何よ！」

「書類！」

「レイディの手紙なら、バタカップよ。バタカップが持ってるわ」

「バタカップ？」

「同居猫。白い日本猫のメスでね、まだちいさいの。火星にきてから飼いだした猫なのよね。いい子で、家にきずつけたりしないんだけど、やっぱりアパートの管理人がいい顔しなくてね、で」

「猫が……もってる？　……あの猫か」

「そうそうあの猫。あの子、かしこいでしょ。村田さんもかわいそうに。あ、安川さん、知ってる？　村田さんの顔のきずね、バタカップがつけたの。あの子がね」

「猫は今どこにいる！」

「太一郎さんとこ。あの子はとってもかわいい——あん、かしこい猫だから、伝書猫もできるのよ。言いきかせたんだもん。一生に一回くらい、伝書猫やれって。アパートを出る前に。でね」

「太一郎っていうのは！」

「まだバタカップの話でしょ！　バタカップっていうの、英語できんぽうげのことなのよね。かわいい名前でしょ。うふ、あたし、センスあるんだ。あのね、きんぽうげっていうのは、黄色いお花で」

「太一郎っていうのは！」

「まだきんぽうげの話でしょ！　きんぽうげって、毒があるのよね。知ってた？　やーい、知らなかったでしょ。でね、何でバタカップって名前つけたかっていうと……ちょっとお。聞いてんの！」

濃いピンクの影は、集まって相談はじめた。全然あたしの話を聞く気、ないみたい。

「誰だ、こいつに自白剤うとうなんて言ったの」

「こいつも……木谷におとらず珍しい体質だなあ……。たまにいるんですよ、自白剤がききすぎて、うたれたとたん、思いついたこと全部話さないと気がすまなくなる体質の奴が」

「こいつがそうだって……」

「そうとしか思えない」

「ちょっとお！」

あたし、濃いピンクの影に近づく。

「人がせっかく話してんでしょ！　聞きなさいよ！」

「殺せ」

低い声が言った。

「もういい。森村あゆみという名前と、バタカップという猫のことが判れば何とかなるだろう。これ以上、このおしゃべりにつきあいたくない」

「あ、ひどい」

ずるずる。はってピンクの影に近づく。

「そっちが話せって言ったんでしょ！　それはないわよ！」

何かとっても至近距離に近づいたみたい。人の体にあたったもん。

「ちゃんと話、聞いてよね。……あれ」

とってもかたいものが手にあたる。ひょっとして、レイ・ガンなのかな。ずるずる。それの銃口に指つっこんで。

「ね、昔どっかで読んだことがあるんだけど、ピストルなんかの銃口内に異物がつまってると――つまり、銃口にあたしの指がつまってる状態で、誰かがピストル撃つと、あたしの指もふっとぶけど、その誰かの体もふっとぶんだって？　銃口が破裂して。レイ・ガンの場合、どうなると思う？　やっぱ、破裂するかな？」

「撃て！　殺せ！」

あたしが肩をつかまえているピンクの影が叫ぶ。

「安川さん、はなれて！　そのガキにそんなにべったりくっついてたら、安川さんにもあたっちまう」

村田さんの声がひびく。安川さん。この人、例の、あの、その……あ、頭、まわらん。とにかくあの嫌な人。そうと判れば誰がはなれてあげるか。抱きついてやる。べた。

「安川さん、死ぬんなら一緒に死のうね。ほら、撃てるもんなら撃ってみ」

ずるっ。あれ？　指がうごく。あたしの指、安川さんの持ってる銃から抜けたんだろうか。

あ、違う。レイ・ガンが安川さんの手からはなれたんだ。

「安川さん！　はなれて！」

第三の男の声。

「おーおー、はなれてやるわい！」

あたし、叫びざまに横になり、レイ・ガン連続発射。ピンクの影がちぎれてふっとんだ。そうかあ。人だと思うから、あたんないんだ。ピンクの影なら殺しても悪くないもんね。

そのまま床を転がり、ピンクの影を撃つ。

「あゆみちゃん！　よけて！」

レイディの声――およばず。

左手が燃えだしたような気分。あつい――いたい。

いたい！

ふいに、正気にかえる。

ピンクの影は人間形になった。

☆

プレハブの小屋の中には、計七人の人がいた。

あたし。レイディ。安川。村田氏。あと三人。

三人のうち一人は、右腕をおさえてたおれており、もう一人は右足をおさえて床を転がっていた。レイディは椅子にしばりつけられていて、あたしの左手は――左手の人差し指と親指は、まっ赤だった。

皮膚が、見あたらない。一面の赤。血の色なんだろうか――それとも、この指、燃えてんの？　まさか。

あたしの視覚はまだ完全には復調しておらず、あたし、色をはっきりとつかみかねていた。指が赤いの、ひょっとしたらあたしの幻覚かもね。だって、痛くないんだもん――うぅん。痛くなくても、幻覚じゃない。右手そのほかは、まともな肌色に見える。

とすると、唯一考えられる解釈は――自白剤が麻酔のかわりをしてくれてるっていうのだけ。で、今まで麻酔にうかされていた状態のあたし、指撃たれたショックで――手をレイ・ガンがかすったショックで、まともになったんだわ。まともで、おまけに痛覚がない。うー、最高じゃない。

おまけに。無意識にあたし、みずからを最高の状態にしていたのだ。うっふっふ。あたしの、あたしが安川さんから奪ったレイ・ガン、ねえ、今、どこにあると思う？　ふっふっふ、安川さんの首筋にあたっているのだよ。この状態で、撃ちそんじられる訳、ないもんね。あたしって……うん、今度太一郎さんに会ったら自慢してやろう、実は腕ききだったんだわ。

「動かないで！」

凛と、声を張りあげる。

「少しでも動いてごらんなさい、安川さん、撃っちゃうからね」

「やすかわさん！」

多少、太り気味の――うーむ、三段腹だ――人相のよくない安川さん、脂汗を流していて。いいことだよ、うん。ダイエットになる。それを見ながら、村田氏ともう一人の男、まっ青になって。あとの二人はとにかく撃たれて転がっている。

「いいのか、そんなことをして」

村田さん、それでも精一杯強がって、せせら笑ってみせる。

「安川さんに指一本でも触れてみろ。木谷の子供の命はないぞ」

「はん」

あたし、片眉細めて。

「あのね、もし、安川さんにレイ・ガンつきつけてるのがレイディなら、そのおどし文句きくかも知れないのよね。けどね、安川さんに指一本も触れずにいたら、安川さん、レイディ殺すでしょうが。あたしにとっては、まだ見たこともないレイディの子供より、レイディの方が大切だもん」

「い……いいのか。ほんとうに子供の命は」

「子供より親が大切」

レイディも、こころもちあおざめている。けどあたし、そんなレイディを目で制して。とにかくこういう時は強気に出た方の勝ち。

「さあて、村田さん」

このメンバーの中で唯一、あたしと会話してくれる村田さんを眺めて。

「まず、レイディ縛ってる縄、ほどいてもらいましょうか」

「お……おまえな……あんまり図に乗ると」

「いーい、とにかくレイディの子供は、今、ここにいない訳でしょ」

少なくとも姿は見えない。

「とするとねえ、あたしが安川さん殺して、それから手近の人殺すのと、あなたがどっかおよそにいる仲間と連絡とるのと、どっちが早いでしょうか？　あててごらん。とするとね、図に乗っているのはこの場合どっちでしょう」

　わなわなわな。本当にそんな感じで、村田さん、ふるえる。

「さ、レイディの縄といて。さっ」

　きっと睨みつける。

「は、や、く！　いーい、あと十数えるうちに縄とかないと、安川さんの右腕、まず、なくなるわよ」

　安川さんの右腕。あたしの指。うーむ、ほんとにあと十数えるうちにレイディの縄といてくれなきゃ……あ、あたしの方の精神がもたないわ。さいわい、まだ、痛覚はぼんやりしてるけど——それに、指の一本や二本なくなったって、人間死にはしない筈だけど、それでも相当貧血気味。

　村田さん、のろのろとレイディの縄をとく。さも嫌そうに。ほんとにのろのろと。うー、遅いな。

「早く。早くときなさいよ」

　ようやくレイディの足を椅子の脚に縛りつけていた縄が床におちる。それから、お腹の縄にとりかかって。……ん？　あれ？　今の幻覚？　一瞬、レイディの手が、村田さんの腰あたりでひらっと動いたように見えた。まさかね。……ぐら。ゆれる上体。おっと危ない。慌てて体勢たて直して。

いかにも、ふーん、といった感じの目つきをして、村田さん、あたしの方を見る。やな目つき。

あ。汚ない。ずるい。卑怯だ。あたしの体力が尽きかけているのを見て、村田さん、わざと手の動きをのろのろさせてる。

「は」

早くして、と言いかけて、やめる。これ、言えば言う程、村田さんはゆっくり作業しそうだ。これはもう……こうなったら。あたしの体力、全然おちてない、ゆっくりやっても無駄だよって顔しなければ。

「は……は、は」

ごまかして、ゆっくり笑う。でも、やっぱり――どうやっても、とってつけたような笑顔になってしまうのよね。あたりまえだわ。早くして、の、は、で、〝ははは〟になったんだから。

「へ?」

と、今度は逆に、村田さんが妙な顔をする。

「ははは、ははははっ」

あ、駄目だ。困った。

あのね、変な話なんだけど、無理して笑ったものだから、顔とのどがひきつって……う、やめられない。笑うのよそうと思っても、とまらない!

「はは、ははははは」

駄目だ。逆効果だ。まったくの逆効果だ。唐突にあたしが笑い出したせいで、村田さんぽけっとしちゃってる。あぜんとこっち見て。手がすっかりとまっちゃってる。

「は、は、は、はやくしてよ」

「へ?」

うーむ、支離滅裂だ。支離……ついっ。

頭から、最後の一滴の血までもがひいてしまったような気配。

がたん。大きな音がする。何だろう。あ、まぶた、閉じられない。閉じられないから見えてしまう。床。

ゆか? あたし、倒れちゃってる。四肢にまるで力がはいらない。とにかく目のすぐ前が床。相当無茶苦茶に——かろうじて右手がでたから鼻柱折らなくてすんだって程のいきおいで床に倒れたみたい。これ以上鼻が低くなったらお嫁にいけなくなってしまうではないか。思考、無茶苦茶散漫。

「どうも再度決定的に形勢が逆転したようだな」

遠い遠い処で、かすかにひびく、村田さんの声。形勢逆転。そんなことさせてたまるか……。

「あゆみちゃん、大丈夫?」

レイディの声。死力を尽くして体を再びおこそうとする——けど、無理。体が九十度横むいて、床のかわりに村田さんの顔を何とか見えるようになった処で死力まで尽きてしまう。

「あゆみちゃん！」

「…………」

お腹と腕を椅子に縛りつけられたまま、レイディ、目一杯身をのりだしている。何とか〝あたしは無事よ〟って言って安心させてあげたいんだけど、口が全然動かない。

ごろん。視野が一転して天井になった。安川さんがあたしをけとばしたんだろう。いけすかない男だなあ。

「手数かけやがって」

上の方から降ってくる安川氏の声。

「村田。殺せ」

びくん。この状態で撃たれれば、きっと助かんない。逃げることも、さけることもできないもん。

「…………」

ところが、五秒くらい待っても、村田さん、あたしを撃つ気配みせないのよね。

「村田！　何してんだ。早く殺っちまえ」

「どうもその……完全に無抵抗の女を殺すのって……あまり好きじゃないもんで……それにもう、あの映像が放映されちまった以上、こいつら殺しても意味はないんじゃないかと」

「殺せ！　どうしてもだ！　気がすまん！」

「仕方ないな」

村田さん、のっそりと腰から銃をとりあげる。そのまま銃口をレイディに向け。

「命令なんでね。悪く思うなよ」

「思うわよ」

レイディの声。

「七代くらいたたってやるから。わたしはともかく――あゆみちゃん殺したりしたら」

「そりゃ無理だろう。あいにく俺は独身主義者なもんで……一代でおわりだ」

「じゃ、一生、幽霊になってつきまとってやる」

ばすっ。嫌な音がした。今度はレイディ、逃げようがない。完全に……撃たれてしまった。

「レイディ！」

叫ぶ。もがく。けど、体、動かない。

「そっちのお嬢さんも悪く思うんじゃないよ」

あたしに向けられる銃口。やだっ！　やだ！　撃たれたら死んじゃう。

ばすっ！

この音が、あたしの聞いた、最後の音になった。あたしの体は一瞬熱くなり――ついで何も判んなくなった。

視界がぼやけて……すぐまっ暗になって。時計の秒針の音が嫌に間遠になり——あたし、死んでしまった。

PART VIII

死んでしまった

森村あゆみ

あたし、死んでしまった……筈なのに。

気がつくと、あたりはうす暗く――目が慣れると、あたりの様子が見てとれた。じめじめした灯りの全然ない部屋。かすかに天井の一部――四角形の扉のようなところからあかりがもれている。はしご、かな。おぼろげにうかぶものの形、そして隅の方に雑然と積んである、箱みたいなもの。

どこなんだろう――ここ、いくら何でも、これが死後の世界とは思えない。とすると、地下の……倉庫か何か？

くしゅん。寒いから、くしゃみ出て。と、急に口に生あったかいものがはりついた。あ……人の手。

「しいっ」

あ。レイディの声！

「駄目よ。死人がくしゃみなんかしちゃ」

「あ、あの、これは……」

「冒険談のヒーローは不死身ってことになってるでしょ。うふっ、そんな、きつねにつままれたような顔、してないで。村田さんっていったっけ、あの人、いい人ね……。撃つ時、さり気なく、腰の処にあった銃、使ったでしょ。あれ、麻酔銃だったの。それにね、ふふ……わたしも、ちょっと、いたずらしちゃったの。村田さんがわたしの縄をほどこうとしている時に、麻酔銃の目盛り、最低にしておいたのよね。で、あゆみちゃんが軽く――十分たらずかな、気をうしなってて、わたしに至っては軽く体がしびれただけ。気絶すらしなかったの。でもまあとにかく、死んだ真似して……で、死体とみなされたわたし達、地下の倉庫に放りこまれた、と。こんな田舎のそれも床下だから、まず滅多にみつからないし――安川さん達、ここ、無断で使ってたみたいだから、わたし達の骨がみつかっても、直接疑われたりしないしね」

あ……あの時。あの時、何やら動いたように見えたレイディの手、あれ、幻覚じゃなかったのか。それにしてもよく……村田さんが麻酔銃使うって予想できたなあ。

「情勢が最悪だから――息子が人質にとられているから、わたし、あそこから動かなかったんだけど、動く気になれば、わたしいつでもあの縄ほどけたって知ってた？　もし、村田さんが、あなたのことレイ・ガンで撃とうとしていたら、あの人、今頃、生きてないわよ」

「どうして……」

「これは秘密なんだけど、あなたにだけ、見せてあげるわ」

レイディ、左手で右手のつけ根をつかんだ。何だろうって思ってみてると……え？　右手が。レイディの右手が、ごとんってつけ根からとれた。本物の……生きている右手、切りとったんだろうか。まさか。そ、それじゃ、怪奇映画よお。

「レ……レイディ……」

「とってもよくできた義手でしょ」

「うそ……レイディの右手、たしかやわらかくてあったかかった……」

「うん。三十六度六分に体温——というか、義手の温度調整してあるから。それに、表面は特殊な樹脂で加工してあるから、やわらかいのよね。……ちょっと待ってて」

義手をくわえ、左手で義手の中をいじる。

「はい」

それから何故か義手をあたしに渡して。あ、あったかい。

「温度、四十五度にあげたから、しばらくの間、それをゆたんぽがわりにしてらっしゃい。かぜひくわよ」

い……いくらかぜひくったって、人の右手を抱えてるわけにはいかないわよ。第一……まあ、暗くてろくに見えないからいいけど……無気味じゃない？　う……それに。

「ね、レイディ、これ本当に義手？」

「ええ」

「だってこの義手……出血してる」

ところどころ傷口があって……赤い液体がにじみ出ている。

「これ作った人が、とっても物事に凝る人でね……表面が破損すると赤い液体が出るようにしてあるのよね。それだけの話。……わたしがいくら拷問されても、へらへらしてられた理由、判った？　大体、義手に自白剤注射されたって、何かしゃべろうって気にはなれないわよ」

う……うーむ。

「それにね、これ、芯は金属だから、相当硬いし、出力もたいしたものなのよね。その気になれば、あれくらいの縄、かるくひきちぎれるし、わたしの体重より重たい男の人だって持ちあげられるわ」

あの時。殺し屋をひょいと持ちあげたレイディ。そのまますたすたムービング・ロードまで歩いて。そうか、それで。納得しかけてからあせる。待って？　いくら腕力があっても、七十キロ近い人を抱いてすたすた歩けるのは……。

「ふふ。判った？　実はね、両足とも義足なの。だから足腰とジャンプ力には自信があったりして。……四年間もあんな連中と命のやりとりして来たのよ。こっちがまったく無傷だったら、相手のメンツも相当傷つくでしょうし」

一瞬の沈黙。明るく――むしろ楽しそうにレイディは義手のこと話してるけど……でも……でも。あたし、何も言えなかった。

「ま、体の中心部をやられなかっただけ、めっけもんよ。とにかく胴と左手と頭は自前のが残ってるんだから」

レイディはにっと――口の両端をきゅっとつりあげて、笑った。不気味な程の……あでやかさ。

「一応、止血はしておいたわ」

あたしの左手首。レイディのものらしいハンカチがきつくまいてある。指はハンカチをさいて包帯してあった。

「しばらくの間、お留守番してらっしゃい。ちょっと女の子にはきつい労働だったわよね」

「お留守番って……レイディ、あなたは」

「わたしにはまだ、やることがあるの。……連中はわたしを殺したって思ってるでしょ。とすると、人質になっている太一郎が……息子が危ないわ。助けなければ。わたしの……一番大切な、子供」

目をつむる。

「……わたしは、手足のほとんどをなくしたのよ、この件で。終止符はこの手で打たないと気がすまない。それに……多分、これで……何とか本当の主人に会いに行ける」

「主人って……」

そういえば。レイディが、こんなに危ない目にあっている間、木谷氏は何やってたんだ？　ずいぶんな夫ではないか。

「あのディスクをね、手にいれて、地球の広瀬先生に渡した時、主人はわたしにチケットくれたのよ。地球を出る為の。わたし、勿論、地球出てゆく気なんてなかった。これからが本番だって意識があったし——大体、あんなディスク渡して、広瀬先生にやっかいなこと全部おしつけて、本人が逃げるなんて、許せないじゃない？　だけど……主人、強かったわ」

ちらっと、左手首に目をはしらせる。レイディの左手——今まで腕時計の下にあったから気づかなかったんだけど、うっすらとあざがある。

「それこそ気違いじみた力で、船にほうりこまれたわ。ディスクのコピー渡されて——地球の方が失敗したら、あとはまかせるって言われて。あの人は予想してたんでしょうね。おそらくは、地球では何をしても、きっともみけされるって。それに、地球を逃げだすとしたら、これが最後のチャンスだって……。こっちにあのディスクがあることが判ったら、もうとても地球を出られなくなるもの。あの人は、そんな地球からわたしを何とか逃がして……自分はおとりに残っちゃったのよ……。知ってた？　わたしのあとをおいかけてきた殺し屋さん達とか、安川さんなんて、まるで下っ端なのよ。安川さんだって、黒幕グループの下っ端の秘書の一人だっていうだけの人ですもの。連中は、まるでわたしのことなんか、おそれちゃいなかったのよ。単なる一介の女の子だもの。けれど、夫は――おそれられていた。あの人が地球で、あのあとどんな目にあっているのか……考えると怖かった」

まっすぐ頭をあげた――レイディ。

「どれ程――それこそ、気が狂いそうになるくらい、わたしが夫と連絡をつけたかったか。でも……わたしの方だって追われていたし、夫は夫でとても地球を出られない状態になっちゃって……そのあとで、消息不明になったの」

でも。言葉とはうらはらに、口調は妙に明るかった。

「少し心配してね、でね、心配するの、やめたの。わたしが――このわたしが、愛した人ですもの。絶対に、殺されている筈はない。地球のどこかでチャンスを待っているに違いないのよ。……本当の黒幕達が動きだすのを。とかげの尻尾切りがはじまるのを」

レイディ――貴婦人。顔をこころもち上にあげ。輝きだすひとみ。まるで……宝石のような、ひとみ。きらきらと、わずかな光を反射して――そして、同時に、何か果てしなく巨大な力をたたえた、ひとみ。

「これで本当の黒幕達が動きだしてくれるでしょ。悪いのはすべて、シンクタンク・№・41の連中だってことにしちゃって、身にかかる火の粉をふせぐ為に。待っていたのよ。この時を」

また目を伏せる。

「どんな連中がこの件にかんでいるか、わたし、ほとんど知ってるわ。だけど、何一つ証拠がなかった。だからあのディスクにも個人名いれられなかったのよ。……夫が……本物の木谷信明が、生きているなら——そして、わたし、彼が生きているって信じてる——これは、最後の、最大のチャンスよ。これで証拠がつかめる。火星の人達がきっと味方についてくれる。黒幕達が証拠を消す過程をおいかけてゆけば、逆にそれが動かしがたい証拠になる」

ゆっくりと、目をあける。

「だからね。その夫の邪魔をさせない為にも、雑魚は全部わたしがかたづけなくっちゃ。太一郎は——子供は、わたしにとってのウイーク・ポイントであるのと同様に、夫のウイーク・ポイントでもあるんだから。上の連中、とても火星にはいられないって……逃げだす相談してたわ。二人ばかり、顔を知られてない人が、あなたの猫をつかまえに残って。近くに船かくしてあるんですって。まさか、素直に逃がしてあげる訳にはいかないわよね」

うす暗い地下室。光源は、天井のわずかなすき間からもれてくる光だけ。そんな中で、レイディの顔のアウトラインだけがぼんやりとうかぶ。はしごの下にいて——寝ているあたしを見おろすレイディ。うしろから光があたって。

きれいだった。レイディ。今更思うことでもないだろうけれど——本当に、きれいだった。レイディ。背に光をしょって——さながら、天使の如く。

「上の連中が船に乗っちゃったら、こっそりわたしもついてゆくつもり。どうせ、出発するまでに、計器のチェックだの、しなきゃいけないことがある筈ですもの。何とかわたしがしのびこむ時間的ゆとりくらい、ある筈よ」

優しくあたしの方を見て。

「ごめんね、あゆみちゃん。……こんなことにまきこんじゃって……」

「ううん、そんな」

あたしもレイディを見上げる。判ってくれるだろうか。必死の思いをこめて。

判ってくれるだろうか。あたしが、この件にかんだのは、法外なお金を払う依頼人と、やっかいごとよろず引き受け業のプロ、なんて関係で、じゃない。本当に――本心から、守ってあげたかったのだ。レイディ――あなたを。

このまま、時間がとまってしまえばいい。

思いやりに満ちたまなざしで、あたしをみつめるレイディ。レイディをみつめ返すあたし。そんな図式の中で、あたし、ひたすらそれを願ってた。このまま時間がとまっちゃえばいい。けれど。やがて、頭上の足音は間遠になる。レイディ、あたしをみつめて。

「ごめんなさい。手を、返してもらうわ。……そろそろ連中出発してしまうみたい」

立ちあがる。縛られていたせいで、ほつれた髪が、あかりに透ける。

「あゆみちゃん、いい子だからおとなしくお留守番しててね。それじゃ」

きびすを返しかけて。あたしの方を、もう一度ふりむく。

「本当に……ごめんなさい。そして……ありがとう」

まつ毛がぬれている。涙……？

そして、レイディは、あたしのあごに手をかけた。あたし、されるがままに、こころもち上を向き――慌ててうつむく。上をむいた角度で見るあたしの顔、一番かわいくないから。赤くなる。至近距離にレイディの顔。

「言葉では、とても言えない程、感謝してるわ」

首筋に、レイディの息がかかった。そして。

あたしの右のほおに、一瞬あたる、レイディの唇。あたし、思わず、目を閉じる。

次に目をあけた時、彼女は天井の扉から消えてゆこうとする処だった。

☆

しばらく呆然としていた。

右手を、みつめていた。まだ無事な――ちゃんと神経がかよっていて、痛くも何ともない右腕。

ほんの一瞬だけど――ほっぺたにだけど――軽くだけど――彼女はあたしにキスしてくれた。

彼女、あたしに……。

怪我をした、左手を見る。指先がずきずきと脈うっている。ずきずきと訴える痛み。でも。

そうよ。たかが指の一本や二本、多少怪我したからって、人間は、間違っても死なない。せいぜいなとこ、エンゲージリングがはめにくくなる程度よ。

そして。レイディは、まだ、敵に弱みを握られているのだ。彼女の子供。土壇場《どたんば》で子供ができたら、いくら彼女でも、素直に殺されてしまうのではなかろうか。

ぶるん。頭をふってみる。もう、自白剤の効果も何とかきれたみたい。体はどこもだるくないし、頭もすっきりしている。

ショルダーバッグからハンカチとりだして、レイディの止血《しけつ》してくれたところを、もう一回、しばる。深呼吸一回。

我、ことにおいて、後悔せず。

あたしもレイディにならって、こう言いたい。胸はって、あたし、後悔しないことにしてるのって言いたい。その為には。

やってみようじゃないの。極限まで、精一杯。あの人――レイディを、守る為に。

そっと階段を上り、天井に耳をあてる。こそとも物音はしない。うん、上の部屋、誰もいないんだ。OK。

あたし、扉をおしあけた。

駆けて小屋から出て。車が捨てられている。さあて、敵さんはどこへ行ったんでしょ。宇宙船に乗るってことは――あれはそうそうどこにでも隠せるって代物《しろもの》じゃないから――あ、あっち。ドームの外、すぐ近くに、いつの間にか宇宙船が出現していた。今まで砂の中にもぐってたらしい。上の方にだいぶ砂がくっついている。

☆

さあて、あそこへ行くっていうと、このドーム抜けなきゃなりませんな。一番近いゲートは――むこう。かなり遠い処だわ。こっちからゲートとおって、ゲートからあの宇宙船の方まで行くっていうと、たっぷり十分はかかりそう。おまけに途中にあんまり視野をさえぎってくれるものがない。見つかったら最後、格好の的になっちゃう。

ところが、今、あたしの立っている処から宇宙船までの直線距離っていうと、五百メートルないのよね。これはもう、直線距離をとるしかありませんな。

とすると。あたしと宇宙船の間にたちはだかる壁が邪魔。慌てて小屋の中にひっかえす。レイ・ガンおっこってないかな、レイ・ガン。何か壁壊す道具がないと。

都市は、壁によって守られている。従って壁が壊れるというのは、都市の存在に係わる問題な訳。隕石《いんせき》だの、事故だののたびに、都市の機能が一々停止してちゃ困るでしょ。だから、規模が小さければ、都市の壁って、壊れてもすぐ自動的に直る筈。故にあたしが壁壊しても、そんな大惨事にはならない筈なんだ。あとで罰金とられるかもしれないけど。

ふん、きれいに何もないな。小屋にもどって軽いため息。あたりまえっていっちゃえばあたりまえなんだけど、使えそうな武器、なんもない。また外へ出て。

えーい、仕方ない、車だ。あれで壁、壊そう。それにしても……車って、どうやって運転すればいいの？　あたしが何とかできるのは、エンジンのついていない車——自転車とか、三輪車とか、大八車だけであって、きちんとエンジンつきで動く車のことはまるで知らんのだ。

とにかく、キー、ついてる。これでアクセルふむと——動くのかしらね。動かんな。まだどっか抜けてるところがあんのかしら……。ん？　第一、アクセルって、右だっけ、左だっけ？　どっちかはブレーキだし。

何でもいいからその辺のもの、全部動かす。おしてみたり引いてみたりたたいてみたり。と、唐突に。実に唐突に車は動きだした。それも結構速く。あたしがシートベルトもつけておらず——第一、まだドアを閉めていない状態で。

急にゆれたもんで、あたし、ドアから車の外へころげおちた。胸がハンドルにぶつかって、ハンドルがくるくるまわった。

頭から砂の中におっこってむせてしまう。けほんっ。うー、まずいっ。じ、実においしくないっ。

と。その間に車は勝手にジグザグに走り、スピンし、どっかから火花散らし、壁に激突して、炎上してしまった。

口と鼻の中から砂をかきだし、なおも口の中に残る砂をつばと一緒に吐きだしつつ、呆然とその様子を見ていると――うわあお！　風！　もの凄い風！

しまった。都市内と都市外の気圧差。それで凄い風がおこってるんだ。まきこまれる！　まるで吸いこまれるが如く、転がりながら、あたし、外に出てしまった。口中の砂をとる――なんて、あとでいい！　とにかく立ちあがり、あたし、宇宙船へむかって駆けだした。

☆

記録を作れるような速さで外を駆け――あたりまえといえばあたりまえなのよね。都市の外にまで人工重力、ないもん。えらく体が軽い――宇宙船にたどりついたところで、あたし、とんでもないことに気づいてしまった。

一つ。たった一つだけ、忘れていたことがあった。

何故、火星の都市はドームでおおわれているのか。答。酸素が希薄だからでした。普通の地球人が、宇宙服も着ず、オキシ・ピルも飲まずに火星の大気中に出ると、すぐ息苦しくなって……待ってんのは酸欠による死亡、なんだわ。

何の。水にもぐったと思えばいい。そう思って宇宙船まで息つめてきたものの……考えてみれば、一体全体どうやって、この中にはいるのよ！

それを考えていなかった。ドジだった。帰ろうにも、先刻はいってきた壁の穴は、まわりから透きとおった合成樹脂《じゅし》なんかがにじみでてきていて、もうふさがりつつあるし……。かたまりかけた合成樹脂の中にはいりこんで、そのままかたまっちゃうだなんて……絶対、さけたい。

仕方ないから、満身の力をこめて、宇宙船のエアロックたたく。どん！　どん！

と。かすかに地面がゆれた。

ふり返る。だいぶうしろ――ドームの出口あたりから、のこのこ小型車が近づいてきた。はん、荷物いれた無人コンテナだわ。ということは――あれが船の中にはいる時、エアロック、あくんじゃないかしら。とすると、もう少しの辛抱。

六十センチかける六十センチかける一メートルくらいの、長方形の箱。うん、これなら完全に無人だわ。中に人がはいってたら、荷物いれるスペースなくなっちゃうもん。無人ということは、発見される危険性がないということ。

あたし、コンテナのうしろにまわりこみ、身を低くして、あとに続いた。コンテナは、到着すると、前部のダイヤ型の突起をエアロックのドアにおしつけた。と――やっと。待望のドアがあく。

コンテナと一緒にエアロックの中にころがりこむ。おー、酸素じゃ。息ができる。酸素さん、ぱく。酸素さん、ごくん。さすが天然食品（と言っていいのだろうか）、おいしい。
酸素をむさぼり喰って——むさぼり吸ってようやく人心地ついたところで、背後のエアロックが完全に閉まっていることに気がついた。

☆

さて。さあて。

困ったもんです。

コンテナ、とまっちゃって動かない。ということは、近々コンテナとりに人が来るってことで——こんなとこで見つかりたくはない。とするとどうしたら。

頭の中の貧弱コンピュータ、はじいてみる。コンテナの中にもぐりこむこと。答、これっきゃ思いつかない。

次にすべきことは、ですね、従いまして、コンテナを開ける、ということなんですね。

たたいてみる。ひっかいてみる。上部がどうも扉らしく、取手がついてるんだけど——何か、ロックされてる雰囲気ね。あかないんだもの。

一分弱、悪戦苦闘。どっかにロックを解除するスイッチの類、ある筈だと思う。うーん。

……駄目っぽいな。ぶちっ。

「えーいこの、ひらけごまとでも言えばあく訳?」

ぎいっ。

う……嘘だろ! 本当にあいた!

慌ててコンテナに近づいて——中の荷物だささなきゃ——わ!

「ごめんなさい。はいってます」

コンテナの中で、ひざかかえたレイディが、あたしを見上げていた。

「どうもあなたのような声がしたからあけてみたんだけど……駄目よ、あゆみちゃん、あなた何でこんなとこにいるの」

あ、あ、あぜんとした。あぜんとしてる。何もしゃべれん。

「いーい、今、エアロックのあけ方教えてあげるから、素直に出てゆきなさい。帰って——歩けるのなら、すぐもよりの病院に行って。これはおどかしてる訳じゃなくて真実よ、早く病院にいかないと、あなたの指、傷が残っちゃうわ。……understand?」

「駄目です、そんな。今、あなたを放っておくだなんて」

「駄目よ、目上の人の忠告は素直にきかなくちゃ」

「駄目です、だって」

あ。駄目だ。

あたしとレイディ、同時に気づく。駄目だ、今は口論なんかしている場合じゃない。足音が近づいてきたりするんだもんね、足音が。

「ど……どうしようあゆみちゃん」

「どうしようもこうしようもない！」

次の瞬間のあたしの行動、ちょっとほめてもらってもいいいと思う。

ばたん！　レイディのはいっているコンテナの扉、何も言わずに閉めて。レイディ、首筋いためてませんように。あたし、まよわず、エアロックの端に走る。

だらんとつりさげてある宇宙服三つ。そのうしろに——かくれられる訳、ないや。すぐみえてしまう。えーい。

宇宙服の前部のファスナーを、思いっきり、引きさげる。慌てて宇宙服の中にもぐりこみ、とにかく両手を服のそでに通す。それからファスナーひっぱりあげ。

あたしが、宇宙服の中で静止した直後、エアロックの内側の扉があいた。

★

みつからないといいな。みつからないで欲しい。

一応、はいってきた男から見て、一番遠い処にある宇宙服にもぐりこんだんだけど——でも。

いくらだらんとしたポーズをとろうとしても、それでもなお、人のはいっていない宇宙服より、背骨がとおってる感じがする。充実感がある。これは、いくらやせぎすとはいえ、肉体を持った人間である以上、ごまかしようのないこと。

それに。これ、決定打。頭部をおおっているヘルメットは——当然のことながら——顔の部分が透けているのだ。ここから、はいってきた男を見ることが可能なように、男も、宇宙服の中のあたしを見ることが可能。

あたしがみつかる。これは、まあ、何とかなるような気が、しないでもない。宇宙服って一応、とっても頑丈にできているのよね。なぐられても大丈夫。撃たれたら——保証の限りじゃないけど。

けど。あたしがみつかる——どうしてはいってきたんだろう——コンテナが疑われる——レイディがみつかる。この路線は、絶対、さけたい。

こっち見ないでよ。こっち見るなよ。絶対、見ちゃいけない。

そのあたしのいのりが通じたのか、それとも、つるしてある宇宙服になんかもともと全然興味を持っていないのか、男はコンテナの上部を軽くおす。と、どこからか、ピンとアンテナのできそこないみたいなのが立って。

この男、先刻の山小屋風の処にはいなかった。とすると、この船の乗組員なのかしら。年のころは十八、九。あたしより下だ。乗組員見習い、かな。にきび面に生意気にもひげのそりのこしなんかあって。

男の子は、何か歌を口ずさみつつ、ポケットから小さな――トランプの札一枚分くらいのサイズの物とりだすと、手で何やらごちゃごちゃやって――あ。コンテナが、押しもしないのに動きだした。

壁のわきの赤いランプ、軽く指でさわって。と、エアロックの内側の扉が、音もなくあく。コンテナは、勝手にたったかたったか走り去ってしまい、だんだん歌声が聞こえなくなり、エアロックの扉は勝手に閉まり……。

気がつくとあたし、エアロックにとり残されていた。

★

今の要領でやればいい訳か。あたし、宇宙服をぬごうとして……ずるん。あれ？　あれ？　体が、体が勝手に前にのめっちゃう。

ぐしゃ。宇宙服ごところんだ。ヘルメットの前部にまたもや鼻をぶつけてしまう。うー、この件が一件落着する前に、あたしの鼻、顔の中にめりこんでしまうのではなかろうか。

……あ。判った。何故のめったか。宇宙服ぬごうとした拍子に、宇宙服ひっかけといた輪から、首のうしろの処にあるフック、はずれちゃったんだ。

のたのたやっとこ立ちあがり。うえー、これ、ＬＬサイズだ。身長一八〇以上の人にあわせてあるみたい。前、全然見えん。あたしの頭のてっぺんが、宇宙服の首のあたりにきちゃうんだもの。

そうかあ。ひっかかってた時は、床に二十センチくらい足ひきずってる状態だったから、何とかなったんだ。あ、だから人間が一人はいっても、〝多少〟充実感があるって程度ですんだんだ。

何とか頭ふって、せのびして、目をヘルメットの位置にもってくる。ようやっと少し外が見えて――かわりにお腹のあたりがだぶだぶ。

はやいとこ脱ごう。えーと、ファスナーは……え！

何で？　何で？　ファスナーの出発点は、首のま下にある。あたしの右手は、あたしの体が宇宙服の中でだいぶ下方へきてしまった為、あまり動かせなくなっている。は……はやい話、一人ではこれ、脱げない！

そんな莫迦なあ。そんな阿呆なあ。もう一回、あのフックにひっかけなければ。えっと。再びエアロックのドアがあいて。先刻の少年がはいってきた。

「わ！」

「わ！」

二人、同時にしゃべった。

「何だおまえは！　宇宙服のお化けか！」

あたし、彼がはいってきたおどろきの為、また、少し下の方へもぐってしまったのだ。故に彼から見ると、中身のない——宇宙服だけがつったっているように見えるんじゃないかと——思う。

「おばけだぞお」

しかたないからあたし、うんと低い声をだす。えーい、この状況で、他にどうせいっつうんだ！　まさか、こんにちは森村あゆみですって言う訳にもいかないでしょ。

「この……うわ、よるな、いや、その、退治してくれる」

彼、何か少し錯乱しつつ近づいてくる。あたしとしても、ここでこのまま彼を帰す訳にいかないのよね。せめて、気絶くらいさせねば。

前に進もうとする。とたんに、足の方でだぶついているとこ自分でふみつけて。うわあ。

ごん！

とってもかたい音がした。

べちゃ！

とっても……痛い、音がした。

あ……あたしは、またもや転んでしまったあたしは、床にたおれ——たおれる時に、彼の頭にヘルメットが激突。彼、無事気絶。そしてあたしの鼻は……帰ったら美容整形が必要な気がしてきた。

何か……何か、何かなさけないけど……とにかくうまく……いったって言うのはプライドが……しかしやはり……うまくいったみたい。

ずるずるずる。一歩あるくごとに転びながらも宇宙服ひきずって進み。この際これでいいわい。これで通してやる。宇宙服の幽霊で。

★

エアロックを抜けて、しばらく進んだ。数分歩こうと宇宙服と格闘してみて、ようやく理解。こ、こんなだぶだぶの服着て、歩ける訳がない。そもそも、歩こうと思ったのが大いなる間違いだったんだわ。はってゆけばいいのよ、はってゆけば。ずるずる。

ずるずるはいつつ——うー、視界に床しかはいらん——角をまがる。と、声と足音。慌てて静止。どっかかくれるとこ……ある訳ない！

「何だ？　宇宙服が落ちてるぞ」

「しょうがないな、誰だ、こんな処にこんなもの放りだしたのは」

「エアロックの清掃係の坊やだ、きっと。あいつ、一度宇宙服着て外へ出てみたいって言ってたから」

「だからって船の中にこんなもん放りだされちゃ」

しめた。二人共、宇宙服に中身がつまってるなんてこと、考えてもいないみたい。まあ……無理ないのよね。普通、敵陣にのりこんだ探偵が、宇宙服着て床をはいずってるとは思わないもん。

「しょうがないなあ。きっと、宇宙服着て遊んでるとこへ用いいつけられたんだぜ」

「かたづけといてやるか。こんなとこにこんなもんがあっちゃ、通行の邪魔だぜ」

「よせよせ。自分のことは自分でやらせなきゃ」

「けど本当に邪魔だ。どれ」

ひっぱられてるう。

「お……重い。これ」

「何やってんだよ。たかが宇宙服がそんなに重い訳……」

「だって重いぜ」

やばい。たかが宇宙服がそんなに重い訳ない——しかし重い——という思考ラインの次にくるのは……中に人がはいっている、だ。

あたし、慌てて手をのばす。あ、何かつかんだ。

「お……おい、この宇宙服、今、動かなかったか?」

「動いた……お、俺の足、つかんでる!」

えーい、こうなったら。あたし、男の足をつかんだまま、何とか立ちあがろうとする。と

——あたしが足つかんだ男、よろけて、宇宙服にけつまずき、倒れる。男が倒れた上にあたしの胸がのっかり……立てた！

「何だ何だ何だ」

「莫迦！　しっかりしろ、誰か宇宙服の中にいるんだ！」

あたしの下敷きになった男が叫んでいる。

「いない！」

もう一人の男が叫ぶ。

「中、空だ。ヘルメットの中、誰もいない！」

あたし——とにかくヘルメットの透けている部分に目が届かないのだから——声のする方へ手をのばす。

「誰もいないのに動いてる！」

ぐにゃ。あたしの下にいた男をふんづけて。足場が悪い。またころびそう……わ、わ、わ、何かにぶつかった。

「うわあ！」

どうもあたしがぶつかったの、もう一人の男みたい。いきおいがついて、一緒にころぶ。

ぐしゃ！

男はあたしの下敷きになり、後頭部から床へむかってたおれていった。もう一人の、先刻あたしの下敷きになった男が、慌てて立ちあがり、気絶した男の体からあたしをはがいじめにして持ちあげようとする。

あ、あ、安定が悪いんだからあ！

ぐしゃ！

あたしをはがいじめにした男は、そのまんまの格好で、うしろへむかって倒れた。彼も後頭部をしたたか床にうちつけ……気絶してしまったみたい。

ごめんねえ。二人共、あたしのクッションやってくれちゃったんだあ。

あたしは無事で、とにかくその場をはってぬけると、ずるずる再びはってゆく。

☆

ずるずるずるずる。へびさんか何かになった気分。何かよく判んないけど……立とうとして努力しているうちに、敵さん二人、やっつけちゃったのよねえ。気分いい。

でも。まさかこんな偶然が、そういつまでも続く訳はないだろうから——とにかく、人になるべく会わないようにしよう。できる限り、みつからないように。しかし……できる限り敵にみつからないようにして、なおかつ敵をやっつける、というのは……物理的に可能なんだろうか？

床に、軽い、規則的な震動を感じた。あ、やば。あっちから、また誰か来るんだ。えーと、えーと。首だけ何とか持ちあげて、あたりを見まわす。あ、左前方に開いているドア。

あたし、精一杯のスピードで、そこにはいりこんだ。

★

残念ながら、部屋の中は無人ではなかった。カシャカシャって何かを叩く音――タイプライターの音のような、多分、コンピュータの端末叩いてんだろうな――が、休み休み聞こえてくる。でも、今のとこ、これ何だあって類の声が聞こえないから、多分、端末たたいてる人、部屋の逆側の方むいているんだ。

えーい、どうしよう。

あたしが動くと、ずるずるって音がする。先刻はうまく気づかれなかったみたいだけど、今度は多分、無理でしょう。それに大体、お外には通行人の一人や二人がいるのだ。

思考能力が完全にどっかいってしまった。何も思いつかん。えーい、死んだまね！

と、あたしの足の方で声。

「よお、宮村《みやむら》。おまえ、こんなとこへ宇宙服ひっぱりこんでどうする気だ？」

「え？」

端末たたく音がとまる。ど、どーしよう。他に何もできないから……とりあえず、死んだまね、死んだまね。

「いや、俺、そんなもの知らないが」

「誰かがここにこれひっぱりこんだんだぜ。俺、それだけは見てた——この服の、足のところがドアの中へひっぱりこまれるとこ」

「知らないよ、俺は。今、おまえに言われて、初めてそんなとこに宇宙服があるのに気がついたんだ」

「嘘つけ。宇宙服の足がここへひっぱりこまれてから、誰もこの部屋を出ていってないぞ。おまえじゃなきゃ、誰がやったっていうんだ」

「知らないっつうに」

「おまえ、こんなもんひっぱりこんで、どうするつもりだったんだよ」

「本当に知らないんだよ」

しばらくの沈黙。宇宙服につつまれたあたしの背中は、二人の視線を痛いほど感じていた。

「……とにかく」

足の方の声が、重苦しくひびく。

「こんなとこにこんなもんがあるのは、おかしいよなあ」

「ああ。あきらかに、おかしい」

「で、宇宙服っていうのは普通、一人ではいずってはこないよなあ」

「ああ。中に人がはいっていないならな」

びくん。

「けど……もし、中に人がはいってるんなら何だって立って歩かないんだ」

「それは確かに不思議だ」

「ここで、大の男二人が顔つきあわせて、不思議だ、不思議だって連呼してんの、あんまりいい図じゃないよなあ」

「ああ」

「だとしたら、やっぱ、あれだろ。不思議の原因ってものを」

「解明する必要があるな」

万事休す。あたし、宇宙服の中で、力一杯まるまった。うんとちっちゃく……できることなら、体重も、体積も、なくなってしまいたい。

ごろん。ひっくり返された。足か何かで。手で持ちあげられたのとは違うから、そんなに重さを感じはしなかったろうけど、それでもやはり、空の宇宙服ひっくり返した時と重さが違った筈。

「中には誰もはいってないみたいだな」

一人の声。ヘルメット、のぞいているみたい。懸命に首をすくめる。

「にしては、いやに足ごたえがあったぜ」

「何か、奥の方につまっているような気がしないでもない。多少充実感があるだろ」

「ああ」

「あけてみようか」

うわ！　うわ！　うわ！　今、何て言ったの！　あけてみる？　冗談じゃない。みつかっちゃうじゃないの。

と。そんなあたしの願いが天に通じたのか、急にあたりがさわがしくなる。

ウーウーウーって、どことなく非常ベルを想像させる音がひびく。

と、同時に、アナウンス。

「救助求む！　救助求む！　こちら、エンジンルーム。何者かにメイン・ドライヴを破壊された。高速飛行不可能。侵入者は若い美人で……うわあっ！」

ぷつん。本当にそんな感じで、アナウンスぶったぎれた。アナウンスをしていた人が、侵入者に何かされたらしい。

「大変だ！　エンジンルーム！」

「おう！」

どやどや出てゆく、二人の足音。

あたしはまだ死んだまねを続けて……死んでるから、思考回路がろくすっぽ働かない。でも、のろのろと、気づいたりして。

侵入者。メイン・ドライヴぶっ壊した若い美人――あたしじゃないってことは……レイディ。

レイディ。助けなくっちゃ。守ってあげるんだ。

と、唐突に、生き返ってしまった。

エンジンルームでアナウンス。みんな、そこへかけつけるだろう――えーい、冗談じゃないわい。レイディが危ない。

ずるずるずるずるずる。あたし、はいだした。

★

当然のことながら、あたし、この船の地理には詳しくない。と、当然のことながら、どっちにエンジンルームがあるのか判んない。第一あたしの視界って、床しかないんだから。

(ま、あお向けにはってゆくという手もないことはないんだろうけど、そうしたらそうしたで、視界には天井だけしかはいんないでしょう。)

で、まあ。あまりこういうことを当然とは言いたくないんだけど、当然のことながら、迷子になってしまった。

どっちへ行けばいいんだろう。うーむ。少し悩んで。結局、どっち行っていいのか判らないから、適当にはってゆく。（最初から悩まなきゃよかった。）と。段々、変なことになってきて。

最初、何だか妙にせまくるしい廊下にはいったような気がしたのよね。で、はいったら、すぐ、ゆきづまってしまった。一体全体、これはどうなっているのだろうと思って見ると、ちょうどよく右脇にはしごがあるのにぶつかって。かなり無理ながらも、何とかそれを登ろうとして――で、やっぱり無理で。ひっ返そうかな、と思ったとたん、壁一杯へだてた大きな廊下の方に、足音がやたら集結した為、出るに出られなくなってしまった。

困ったな、こんなとこで時間をつぶしている訳にいかない。そう思ったとたん、とってもいいことに気がついた。

あのね、あたしが着てるの、宇宙服なわけ。宇宙服なら、当然、それなりの整備がしてある筈なのよね。真空を自由に飛びまわれるような。

あおむけになって、胸のあたりをまさぐる。あった、何か、レバーみたいなもんが沢山。ON−OFFってレバーがいくつか。あるいは、RIGHT−LEFT−UP−DOWNってレバー。飛びまわる時の方向転換するのがこのレバーでしょうね。とすると、これの一番近くのON−OFFレバー。これが動力の奴に違いない。

ようし、いくぞ。

何とかずるずる立ちあがる。三方がすっかり壁で、転べるだけの面積がなかったから、これはわりと楽だった。

そして、不自由な右手を目一杯のばして。まず、OFFをONにする。それから方向をUPに。あたし、体が上昇してゆくのを感じた。

とりあえず、はしごのてっぺんまでつくとスイッチおろして。はしごのてっぺんには、左側に抜ける細い道のようなものがあった。天井がひどく低い。普通の背丈の人間なら、かがむかはうかしないと歩けない程。道はばも、ひどくせまい。一人はいったら、満員御礼だわ。

ずるずるずるずる。

はうのに適した場所だと、はってても殆ど劣等感を覚えなくてすむ。故に気分よくずるずるずるずる。

体の下がいやにでこぼこしている。太い電線の束みたいなものが、縦横無尽に走ってて。はは ん。ここは、天井裏――っていうか、配管の都合であけてある、通路みたいなものなんだ。時々、格子状の穴――というか、通気窓みたいなものがあいていて、そこから下の部屋の様子が見えた。機械の山があって、そこで人が何かしてる部屋だの何だの。

三つめの通気窓の上を通過しかけて、あたし、思わずそこでとまる。何となれば、下の部屋にいたのは――椅子にすわって何かしている人にレイ・ガンつきつけて、レイディ。そして、レイディをとり囲むように、村田さんだの安川氏だの、知りあいの顔、いくつか。やったぜ、この下、エンジンルーム！

PART IX

宇宙船のレイディ

「で？　何がのぞみなんだ」

安川さんの声が、のろのろと聞こえてきた。

「息子の安全の保障と、息子の解放。わたし知ってるんですからね。この人――この、通信技師さんのまうしろの壁のむこうには、この船の小型原子炉がある筈よ。最大出力でレイ・ガン撃てば、通信技師さんだけじゃなくて、この船も一緒にふっとぶ筈よ」

「おまえも一緒に、だぞ」

「かまわないわよ。息子が万一……殺されでもしてたら、わたしも自殺するわ。あなた方全員、道づれにして」

レイディの目つき。本気だ。……かなり、怖くなる。

「成程。その岡崎《おかざき》——通信技師をはじめとして、まったく関係ない船の乗組員見習いまで道づれにする気か」

「そうよ」

レイディの声は、かぼそく震えて。

「早く、太一郎がのせられている船、とかいうのに連絡とりなさいよ。わたし……本気なんだから」

「成程。本気か」

安川氏の声はふてぶてしく落ち着いていて、あたし、何故か、嫌な予感がした。通信技師のむこうの壁の中の原子炉——へ？

違った、よ。通信技師のむこうの壁なら、あたしが通ってきた道だ。あそこの格子窓の下に見えたの、小型原子炉なんかじゃなかった。この、そっちの方の隣は、何か倉庫みたいなものだった。

「ところで、そっちの壁のむこうに小型原子炉があると、どこで聞いた」

案の定、レイディに対する安川氏の声、ねちっこくなってゆく。

「どこでって、これ、CP—31型の宇宙船ですもの。CP—31型の船なら」

「残念だな」

安川さん、にやっと笑う。

「エアロックからここまでの道筋がＣＰ—31とうり二つだから、間違うのも無理はないが、これは、ＣＰ—32だ。通信技師の背中の壁のむこうは、倉庫だよ」
レイディの目が大きく見開かれた。レイ・ガンをかまえた右手の力が一瞬ぬけた。
次の瞬間、村田さんのガンが火を吹いた。レイディの右腕は、一瞬、青い火花につつまれて
——レイ・ガンが手からおちた。

★

「さて」

もはや、抵抗する術《すべ》もなくなったレイディに、村田さんから銃をとりあげ、みずからそれをおしつけて。安川氏、意味あり気に笑う。

「わしが何故貴様を殺さなかったか、判るか。貴様は、確かに、つい先刻、わしの目の前で殺された筈だ。それなのに生きてここにいる。エアロックからここまでは、相当距離があった筈だ。それなのに、ついにここまで、何の騒ぎもおこさず来た。このことは何を意味していると思うかね。悲しいかな、この船には裏切り者がいる、ということだ。……さて、村田。おまえはこの事態をどう弁明する？」

「弁明って……」

そうか。安川さん、村田さんがレイディの手引きをしたって思っちゃったんだ。だから村田さんの手から銃をうばって。

「どうやってこいつがここまで来たのかなんてこと、俺、知りませんよ」

「知らないだと？　よくもぬけぬけとそんなことが言えるな。大体、わしはあの時、おまえにこの女を殺せと言った筈だ。なのに、何故、この女は生きてここにいる？」

「村田さんは関係ないわよ。知らないの？　アクション物の主人公って、絶対途中では死なないって鉄則」

レイディが口をはさむ。村田さん、肩をすくめて。

「確かにこいつが死んでないってことは知ってましたよ。あの時、俺は麻酔銃使いましたからね。でも、あの状態で放っておけば、こいつが遠からず死ぬだろうってことは判ってましたし……直接、無抵抗の女を殺すの、好きじゃなかったんです。それに……どうすくなくみつもっても、丸一日は気絶している筈だったのに……何で、こんなにすぐ正気にもどって、おまけにこのリーゲル号の中まできちまったのかってことは、残念ながら俺には判りません」

「麻酔銃、だと」

段々、安川氏の顔、怒りで赤くなってゆく。

「わしは殺せと言った筈だ。殺せと。おまえは麻酔銃で人を殺すつもりだったのか！」

「最大出力で撃ったんですよ。最大出力で撃てば、心臓の弱い奴なら死ぬ筈だ」

あー。村田さん、あたしの台詞、盗用してるぅ。

「最大出力で撃った筈の女が、何故こんなに早く目をさますんだ！」

安川氏の顔、もう、まっ赤。

「よくもぬけぬけとそんなことが言えるな！　この裏切り者め！」

「村田さんを責めないでよ。麻酔銃の出力おさえたの、わたし、よ」

レイディ、あくまで――というより、本当に村田さん無実なんだから、彼をかばう。これがまたえらく安川氏にはお気に召さないらしい。

「両手を縛られていた女が、そんなことできる訳がない」

「できたんだもの。わたし、ちょっと事情があって、縄抜けはとってもうまいの」

「それに大体……エアロックの当番の見習いと、エアロックからここへ来る通路を通った二人が、たたきのめされていたんだぞ。見習いはともかく、あとの二人は、ちゃんと銃を持っていた。あやしい女をみかけたら、たたきのめされる前に撃っていた筈だ。ということは、逆説的に、連中をたたきのめしたのは連中がまるで疑いを抱いていなかった男――村田、おまえだということになる」

格子窓の上で、あたし、とっても気分よくなった。安川さんの推理って、立派なものにみえるけど、あたしって要素をまるで無視してんだもん。はっはっはっ、その三人をのしたの、あたしだ。

「安川さん、それならすぐ俺の疑いはれますよ。そのたたきのめされた男っていうのに聞いてみればいい」

「その台詞を忘れるなよ」

安川さんが、ぱちんと指をならす。と、あたりにいた男達がわらわらと動いて。二人はレイディをつかまえ、あとの二人は村田さんつかまえて。それから、もう一人が部屋から出ていった。ややしばらくして。頭にいたいたしく包帯をまいた男を一人、抱えてくる。

「渡辺《わたなべ》。話せ。おまえをこんな目にあわせた男は、村田だな」

包帯をまいた男——多分、彼、あたしの犠牲者——は、まだ焦点のあっていないうつろな目をして。

「……宇宙服の化け物です」

「何だあ」

「宇宙服の化け物です。俺はそいつを見たんだ。ヘルメットの中に、人なんかはいってなかった。なのに動いて」

「村田が宇宙服を着てたのか」

「いえ、ヘルメットの中に、誰もいなかったんです」

「よっぽど小さい人間がはいってたのか……あ。そうか。確か、この女と一緒にもう一人、割と小柄な女の子がいた」

「いえ、違います」

包帯の渡辺さん、頑強に否定。

「あいつは宇宙服の化け物です。中に人がはいってなかった」

「何を言ってるんだおまえは」

安川氏、あてにしていた証人が全然役にたってくれないので、苛々してきたみたい。

「単に小さな女がはいっていて、ヘルメットの下に体がもぐっていただけだろうが」

「違うんです。最初、俺は背中を見たんです。バックパックの生命維持装置のスイッチ、はいっていなかった。あんな中に、人間がとじこもっているとしたら……そいつは酸素、吸ってないことになります」

なあんだってえ？　思いもかけないことを言われ、あたしの方が驚く。御冗談でしょ。あたし、酸素吸って生きてるわよ。そうか、だからみんな、不審な処に宇宙服がころがってても、中に人がいる筈もないって思っちゃったんだ。

「見まちがいに決まってる！」

「違う！　違います。六年も宇宙船に乗っているんだ。生命維持装置のスイッチをいれることは、何よりの基本だ。間違う訳がない！　仮に、あの中に人がいたとしても、宇宙服っていうのは当然密封されているんだから、あのまま、酸素をとらずに動ける訳がない！」

あたし、慌てて何度も深呼吸してみる。全然息苦しくはない。ということは、この宇宙服、どっかに穴があいてるの……かな？

どっかに穴……うわあっ！　あ、あたしは、な、なあんて莫迦だったんだろう！　ヘルメット！

ヘルメット、単にとじてあるだけでヘルメットと服の間のファスナー、全然閉まってない！　こ……これにもう少し早く気づけばなあ。あたし今一度、服の中に深くもぐりこむ。右手をそでからひっこぬき、首の処の穴から外へ出す。こうやれば、首のま下のファスナーに手が届くのよ。っっっっっっっ……。ほら、脱げた。

「上にどうもねずみがいるらしい」

村田さんの声がした。慌てて宇宙服から完全に出て、ついでだから脱ぎすてた宇宙服のファスナー閉める。

「ねずみ退治をしますよ。いいですね」

村田さんの声がおわらないうちに、四回、音がして、格子窓は下へおっこちた。上に――今度こそ完全に、無人の宇宙服をのせたまま。

☆

PART ☆ IX

「宇宙服だ！」

下の連中が、一斉に騒ぎだした。

「ほら、生命維持装置のスイッチ、はいってないだろう」

「そんな莫迦な……よ」

本当いうと、下の景色をのぞいてみたいんだけど……村田さん、きっとそれに気づくだろうから……とにかく動けない。

ファスナーをあける音。

「……本当に空だ」

「そんな莫迦な」

「足の方までさぐってみましょうか？　ほら、人間なんてはいっていない。それとも、おやゆび姫がかくれてましたか」

「いや……空だが」

「まさか、怪談じゃあるまいし、空の宇宙服が動く筈がない。まして、空の宇宙服があんな処にのぼる筈も、な。ということはつまり……あれを脱いだ人間が、まだ、この上にいるってことだ」

ぎくん。

村田さんの声が、ひときわ大きく聞こえる。ということは、彼、きっと、天井へむかって話しているんだろう。

「注意して聞いていれば、天井の上を歩く音程聞きとりやすいものはないいんだからな、お嬢さん。素直におりてきなさい」

村田さんの声は、妙に優しくて。優しいところが……怖い。

「逃げようがないいんだ、お嬢さん。それとも天井の上でステーキになってみるかね」

い……いやだあ。

「死んだ真似するんじゃないよ。返事しなさい。さもないと、君の友人の命が危ない。どうも、無抵抗の女を殺すのは嫌だ、という主義ははなはだ評判が悪いのでね。主義を変えることにしたんだ」

「あゆみちゃん！　こんなおどしにのっちゃ駄目！」

レイディの叫び声。

「レイディ！」

あたし、思わず、叫び返す。

「ほうら、やっぱりいた。素直におりてきなさい。さもないと、君の友人が」

発射音。

「きゃあ！」

レイディの悲鳴。

あたし、慌てて天井からとびおりた。

レイディ。大丈夫、レイディ。

焼けただれたレイディの死体を見ることを覚悟しつつ、それでもその状態が耐えられずに。あたし、ものすごいいきおいで、天井にぽっかりあいた格子窓から体を抜く。それでも、窓の端に手をかけていたのは、我ながらめっけもんよね。

と。下へ落ちて——本当に、降りるというよりは落ちてみると。何よお、レイディ全然何ともなってないじゃない。のみならずレイディは、ガムテープみたいなものでしっかり口をふさがれていて。この状態で、もごもご以外の音をたてられる訳がない。ということは……?

「割と簡単にひっかかるものだったのね、あゆみちゃん」

村田さんが、にやっと笑うと、まるで女の声で——本当に、細くて、かんだかくて、女の人の声そのままで——こう言った。

「声帯模写って、初めてか」

よくよく聞けば、確かにすこし、レイディの声と違うのよね。つくり声のせいか、少しレイディの声より高くなっている。

「ず……ずるいっ」

「おまえ本気で言ってる訳？　それなら、そっちこそ余程ずるいことをしてるじゃないか。人の恩をまるっきり仇で返しやがって」

「だってこの場合、悪いのはそっちだもん！　こっちには大義があるんですよお、だ」

「大義があるからって、のこのこ殺されに出てくることもないだろうが」

「先刻のレイディの台詞、聞かなかった？　アクション物の主人公って、最後まで絶対死なないことになってんの！」

「じゃ、ここでこの話は最後をむかえるんだ。おまえ死ぬんだから」

「だからって、
ばすっ！


〈Fin〉


なんておとなしく殺されてあげないもん」

「殺されてあげるって問題じゃなくて、おまえが死にたくなくても俺が殺すの！」

「あのな、村田」

安川さん、露骨に嫌な顔して村田さんにらむ。

「先刻は確かにおまえを疑って悪かったよ。しかしおまえも、あきらかに疑われても仕方のない言動をとっていると思わないか？　何だってその女の子と会うと、おまえはかけあい漫才はじめちまうんだ」

「こいつが悪いんですよ」

村田さん、あたしの方をあごでさす。

「あたし悪くないもん！」

「おまえが悪いのっ！　……たく、もう……。こいつ、こんなところでこんなことやってるより、女学校行ってきゃあきゃあ騒いでりゃいいんだ。その方がずっと似合うんだから。したら、俺だって、女学校まで出張してかけあい漫才なんてやりませんよ」

「あたし、高校まで共学だったもん！」

「共学でもいいいっ！　とにかく、学生は学生らしく、先生でもおちょくってりゃいいんだよ。こんなとこまで来て、大人の殺し屋おちょくるんじゃない。まったく、最近の高校生は……」

高校生？　うー。

「あたし、大学出たのよ！」

「何？」

「大学出たの！　……中退だったけど」

「大学にくっついてる高等部か」

「ちゃうもん！　短期大学！」

「村田！」

安川さんの顔色、またもや赤くなる。

「おまえ一体何してるんだ。早くしばるなり何なりしろ。はやいとこ、この二人、エアロックからおいだすんだ。そうすれば、あとは真空が始末をつけてくれる」

「あ……はあ」

毒気を抜かれた村田さん、もぞもぞあたしに近づいてくる。ふっふん！　ふんったらふん！こういう状況で大人しく殺されてあげる程、あたしいい子じゃないもんね。

深く深く息を吸う。ずっとすう。村田さんとあたしとの距離、見計らって。

おっ、こんなもんじゃや。一メートルたらず。

せーのっ。あたし、村田さんに二歩で駆けより、彼の首筋に抱きつく。耳許に口をよせて。

「わあっ!!」

百ホンになんなんとする、破壊的大声。やったぜ。村田さん、耳おさえてうずくまってしまった。ついでに逆の耳も。

「動くな」

安川さんが、重々しく言う。何つうのかなあ、村田さんの台詞だと、まだどこかにおちょくる隙がみえるのよね。でも、安川さん、駄目。もの凄く悪意を感じてしまう――ので、とまる。

「一歩でも動いてみろ。木谷真樹子の命はないぞ」

もごもごもご。銃をおしあてられ、口をガムテープでふさがれたレイディ、何か言う。おそらくは、わたしのことは気にしないで、とか言ってんだろう。そうと思うとこれは、意地でも気にせずにはいられない。

「よし。そのまま、両手を上にあげろ」

しかたないから、従う。安川さん、通信技師にあごをしゃくって。

「まったく……何て……実に腹だたしい。単に殺すだけではあきたらない。木谷、見ていろ。今、おまえの目の前で、おまえの息子を殺してやるからな。おまえと、こっちの女の子の始末は、それからだ」

通信技師は、マイクにむかって、何やらしゃべりだした。と、同時に手前のボタンの類を次々に押して。

「こちらリーゲル号。こちらリーゲル号。シュトルツネク号、応答願います」

ガーガーピーピーしばらく雑音。

「はい、シュトルツネク号」

やがて、ピーという音がこころもち高くなり、人の声が聞こえてきた。……あ。まさか。ぎく。

「そっちに人質の子供がいるだろう」

安田さんが通信技師にかわってしゃべる。

「はあ。解放しましょうか」

「殺せ」

「え？」

「こ・ろ・せ。ああ、画面に映してからがいい。母親に、せめて息子の最期をみせてやろう」

「はあ。悪い趣味ですな」

「何？」

「いえ。しかし、画面に映すとなると、もう少し正確なそちらの位置を」

「X、39ポイントZ、Y、198ポイントC。Z、236ポイントM」

通信技師がしゃべりだす。

「ふーん。ポイント198か。たいしてはなれてないんだな」

「ああ、そうだ。こちらの船は、木谷真樹子にメイン・ドライヴを破壊された為、高速で飛行するのが不可能なのだ。ついでに、我々をシュトルツネク号に収容して欲しい」

「はあ。あと六分程でおいつきます」

ジー。通信が切れかかる。

「こら、シュトルツネク号！　まだ話があるんだ！」

安川氏、慌てて叫ぶ。

「画面を映せ。子供を殺す処だ」

「えー、その件についてては、そちらへついてからお話ししましょう」

「何を言っているんだ！　こら、おい、どうした」

急に、ガーガーピーピーの度あいがひどくなる。

「シュトルツネク号は、準光速飛行にはいったようです。故に画像が乱れて……」

「何だと？　そんなに急いで来てくれと言った覚えはないのだが」

全員が、シュトルツネク号に夢中になっている間に、あたし、そろそろとレイディの方を向く。レイディも、こっそりあたしの方を見て――レイディの首にあてられていた銃は、下の方向いちゃってる――ウインク一つ。口ひらくともごもごになっちゃうから、ボディランゲージ。うん。了解。

「シュトルツネク号！　シュトルツネク号！　応答せよ。えーい、通信長、とにかく相手をつかまえるんだ」

画面に白いしまがいっぱい。やがて、白いしまは、人のりんかくのようになってゆく――が、まだ、基本的にはしまもよう。

「そんなにこっちのぞきたい訳？」

シュトルツネク号が、急に応答した。間にはいる、すごいノイズ。

「そういうの、出歯亀根性っていうんだ。いけないことなんだぜ。お母さんに習わなかった？」

「シュトルツネク号！」

「余程躾《しつけ》が悪かったんだな。そんなに見たいなら見せてやるよ。こっちは先刻っからそっちの信号うけっとおしで、そっちの様子よく判ってるしな。見るだけ見といて見せないってのは、不公平かも知れん。そらよっ」

急に画面が、はっきりした。

画面の前に、でんと足を放りあげ、よれよれの煙草をくわえた、ぼさぼさ髪の無精ひげ男。ワイシャツの第二ボタンまではずし、ネクタイしめるというよりぶらさげて、ベストの前のボタン全部はずした男。こんな見事にだらしない人って、銀河系中さがしたって二人といるものですか。

太一郎さん！

「お、おまえは……」

「この船の通信技師は、何か急に気分が悪くなったそうだ。ま、頭のうしろにあれだけのこぶがあるんだから、気分良好でいろって方が無理だろうけどね。人質なら、むこうで積み木遊びしてるぜ。会うか？」

「お、お、おっ……」

「お、どうした。ほれ、あゆみちゃん、スタート」

は、は、莫迦太一郎。ウインクする時、両眼つむってる。は、無器用。はっはっ。

笑いながら——ごめん——村田さんけりあげる。あごおさえた処で銃とりあげて。太一郎さんのスタートって声と同時にレイディが縄をひきちぎり、口のガムテープはがす。

判ってたんだもん。あたしも、レイディも。第一声の『はい、シュトルツネク号』を聞いたもん。

時から。あんな間の抜けた、皮肉めいた、だらしなくて素敵な声の持ち主、一人っきゃいない
「こ、子供が無事って判っちゃったら、も、もう、怖いものなんかないんですからね」

むっちゃくちゃ機嫌よく——台詞のうしろにハートマークがくっついてる感じで——レイディ、しゃべる。

両脇の男の頭、両手で抱きかかえてごっつんってやって。そのまま二人を安川さんにぶっつける。

「やられてばっかで、全然やり返せなかったでしょ。もう、ほおんとに、欲求不満だったんだからあ」

ぐしゃ。右手で手近の計器ぶったたく。見事にひしゃげて、スパークとばす計器類。……成程、素手でのりこんで、メイン・ドライヴ破壊できる訳よね。

「お、おまえ、撃たれた筈なのに」

「ざあんねんでした。わたしの右手、特別製なのよ」

にこやかに笑うレイディ。そのレイディに銃を向けた安川氏。あぶないっ。

「あのね、足も特別製なの」

そうかあ。この人、体の基幹部と左手撃たれない限り平気なんだ。

「そういう訳で、残念でした」

軽々とジャンプして、安川氏の手から銃とりあげる。右手で銃のまん中つかみ、握りしめる。くしゃって……はは、銃、まがってしまった。

「ね、これで撃ってみる？」

安川氏、本当に――白紙の表情。魂抜かれた感じで、顔に何も書いてないの。余程あせったんだろうな。うふっ。

なんて、あたしも笑ってるだけじゃいけない。ちゃんとやりましたよ、やるべきことは。

村田さんから奪った銃をかまえる。勿論、まともな視覚で撃ったってあたりゃしないんだから、野球のバットの要領で。

こっちにむかって駆けてくる人。はっはん、ストライクゾーンだ。せえのっ！

可哀想にあたしをとりおさえに来た人の頭、もろ銃身に激突してしまった。うーん、今、頭の上はたいちゃったな。きっとファールだ。次はめざすぞ、ホームラン。

レイディは実に機嫌よくあたりの人をぶんなぐって歩く。あたしもとっても機嫌よく、野球ゲームを繰り返す。今んとこねえ、打率十割よ。十割打者。人の頭は野球ボールよりはるかに大きくてうちやすい、という点をのぞけば、プロからスカウトされたっていい打率。

やがて、あたりは少し落ちついた。あたしはさておき、レイディが、ほんっと、強いんだもん。さすが軍神マルス。

淡いクリームイエローがかったライトの中で、レイディのいるあたり、そこだけがこころもち明るいような気分。そう、ちょうどスポットライトをあびているように。

クリームイエローの光の中で。レイディのえりあし、金色がかって見えるおくれ毛。そして、彼女の動きにあわせておどる髪。きちっと結ってあったのが、いつのまにかほどけかけ、毛先がはねる。ジャンプするとはねる毛先。身をかわすとはねる毛先。光があたると、それはやわらかい金に染まる。光の飛沫を投げながら、彼女の動きにワンテンポ遅れてついてゆく髪。

「あゆみちゃん」

ふいに、画面の中の太一郎さんが口きいた。

「雑魚にかまうな。本命が逃げた」

え？　あ、確かに。白紙の顔した安川氏がいない。床にのびてた筈の村田さんも。

「レイディ！」

「OK！　あっちだわ」

ドアを指すのと、ほぼ同時に、
すっさまじい音をたてて、エンジンルームのドアの内側のシャッターがおりた。

「きったなあい！　手下見捨てて逃げる気だわ！」

「あゆみちゃん、どいてて！」

レイディ、ドアの前に仁王だちする。

「どうするの？」

「壊してやる。こんなシャッター」

右手を思いきりふりあげる。ドーン！　ものすごい音。と――シャッターが……ひしゃげた。

ひしゃげた処に手をかけて。

「うー」

レイディ、ほえる。と、徐々に……本当に徐々に、シャッターがさけていく。

「レイディ、大丈夫？　無理しないで」

「大丈夫……帰ってから右手をオーバーホールに出さなきゃいけないだけ！」

「あゆみ」

画面の中の太一郎さんの声。

「ん？」

あたし。首だけそっちむけて。

「よっくもまあ、ひとの忠告、無視してくれたな。帰ったらおしおきしてやる」

「なによお」

ふくれて、ついでだから、あっかんべー。

「むこう一ヵ月間、デスク・ワークしかやらせてやらんからな」

ずきっ。こたえる台詞。

「ほれ、何めげてんだ。シャッター、壊れたぞ。とりあえず、行ってきな。初手柄だ」

「あ、うん」

シャッターのすき間をかいくぐり、あたしはレイディのあとに続いた。

☆

廊下の先で声がしてる。ばっかね、あの二人。シャッターしめただけで安心しちゃって、おしゃべりしながら歩いてんだわ。

「何だって逃げるんだ。木谷真樹子と森村あゆみを人質にしておけば」

不満を言ってるのは安川さん。

「何言ってんですか。あんたも見たでしょうが。あの二人は、絶対、おとなしく人質になるタマじゃない」

さすがに村田さんの方が読みは正確。

「やとわれちまった以上、あんたを逃がすとこまでは面倒みますけどね。俺、もう、おりたいよ、本当のところ」

「なに?」

「あんたが子供殺しをやったって知ってたら、やとわれなかったって言ってんです」

「何だと!」

「ほら、早く行きなさい。……どうやってやったか知らんけど、あの二人、ドアを壊しちまったみたいだ」

「まさか。莫迦なことを言うんじゃない。あのシャッターは、レイ・ガンで焼き切るんでも三分はかかる筈だ。いくら凄い音がしても壊れる訳がない」

「ところがそれが壊れたんでしょうな。人の気配がする」

……さすが。あたしもレイディも、極力足音ひそめてきたし、まだ曲がり角の関係であたし達が見えないっていうのに。

「ばれちゃった。あゆみちゃん」

ぺろっと舌だして、レイディ。

「そうみたいですね。とすると」

やっぱり舌だして、あたし。

「走ろう!」

★

義足のせいか。コンパスの関係でか、レイディの方があたしよりだいぶ速かった。あたしが角をまがった時には、レイディ、村田さんととっくみあってた。遠くにみえるは、逃げてく安川さんの背中。

と。安川さんが、ふりむいた。手にレイ・ガン。レイディ——危ない！

とっさに、何をしたのか判らなかった。あたし、村田さんごとレイディをつきとばしたらしい。何も村田さんをかばう気はなかったんだけど——村田さん、レイディにくっついてるんだもん。

何もかもが、現実とは思えなかった。あつい——無茶苦茶あつい、左手。まいてあった包帯が、まっ赤な火の舌をだした。

「うわあああ」

とてもあたしのものとは思えない、悲鳴。悲鳴なんて、あげる気はなかった。だけどとまらない。喉のすごくおくの方からこみあげて——ずるずる続く悲鳴。

目の端に、いろんなものがみえた。レイディが、安川さんつかまえたとこ。思いっきり安川さんを右手でなぐって。ふっとぶ、安川さんの体。

あたしの左手は——あたしの左手は。あたしの左手は！

「莫迦！　よせ！」

村田さんが急にあたしをはがいじめにした。

「痛いのは判るが、暴れるんじゃない！　怪我がひどくなるだけだ」

あたしの左手は。ずるっと皮がむけていた。ものすごい——やけど。かすったんじゃない。

もろにレイ・ガンで撃たれてしまったんだ。

痛い。痛い。気が狂いそうに痛い。いやっ、こんなやけどした腕。こんなのあたしの手じゃない。こんな。

「落ちつけ！　人間、そのくらいの怪我じゃ死なん！」

村田さんの叫びが、とっても遠い。と。

「あゆみ！」

ふいに、声。太一郎さん！　あたし、その声の方に数歩あるき……そのまま、太一郎さんの腕の中にたおれこんだ。

「こいつ！　よくも……俺のあゆみに」

ものすごい反動。太一郎さんが、すさまじいいきおいで、左手であたしをささえたまま、右手で村田さんぶんなぐったみたい。うすれてゆく視界の中で、体をくの字にまげて、村田さんがうずくまるのがかすかに見えた。

体がもちあがる。うすれてゆく視界。多分、太一郎さんに抱きあげられているのであろうあたし。

「水沢さん！　こいつを早くむこうの船に」

「おう」

急に、聞こえなくなる、声。かすれてゆく意識をはげまし、あたし、何とか声をだす。

「太一郎さん……レイディは……」

「真樹子は無事だ。よくやった。あゆみちゃん。いい子だ」

レイディ、無事。あたしが彼女をつきとばしたの、無駄じゃなかったんだ。

守ってあげられた。

あたしのレイディ……。

PART X
行ってしまったレイディ

白い、天井。きれいなお部屋。体がだるい。麻酔銃で撃たれた感じ……。

あたしは、ベッドの中にいた。

「あ、気がついた？　まだ動いちゃ駄目よ。麻酔が完全にさめた訳じゃないんですからね」

看護師さんがあたしをみおろしていた。

「今、先生を呼びますからね」

ベッドサイドの赤いボタンを看護師さんが押すのをほけっと見て。それから。

「あの……レイディは……太一郎さんは……」

「ちょっとまってて。お見舞いの人に会う前に、先生からすこしお話聞いて」

やがて、お医者様がやってきて、あたしに容体の説明をしてくれた。かなりショッキングなことを言われて……三週間の入院を言い渡された。

十分くらい、泣いた。それから。あたしが涙の跡をぬぐい、落ち着いた頃。看護師さんが、お見舞いの人――レイディ、太一郎さん、所長、麻子さん、熊さん、中谷君、それにバタカップまで――を連れてきてくれた。

「……大丈夫か、あゆみちゃん」

太一郎さん、青い顔して。うつむくレイディ、少し鼻が赤い。今まで泣いてたんだ……。あたしは、目一杯、元気な声を出す。ほほえみすらうかべて。

「うん。やだな、そんな顔、しないでよ。死んだ訳じゃあるまいし」

「あゆみちゃん、あゆみちゃん、ごめん……ごめんなさい、わたしのせいで」

「やだなってば、レイディ。気にしないでよ」

そうよ。あなたに気にされたら、困ってしまう。あたし、あなたを守ってあげたかったのよ、本当に。そして、守ってあげることができた。今。悲しくないって言ったら嘘になるけど――でも。目一杯、ほこらしいんだから。あたし。

「でも……あゆみちゃん」

「レイディ」

少し、低い声。

「気にしちゃ嫌だ。……こんなことをあなたがそれ程気にするんなら、太一郎さん、今ごろ、どうすればいいっていうのよ。今のあなたの何倍も気にしなきゃいけなくなっちゃう」

先刻、無理矢理うかべた微笑が、本物の微笑にかわってゆくのを感じる。

「ね?」

ウインク。

「それより、あかるい話しよ。あのあと、うまくいったんでしょ。安川さん達は」

「全部つかまえたよ」

所長はこう言うと、にやっと笑った。それから少しからかうような口調で。

「ただし、安川と村田は、この病院で入院中だけど」

と。レイディと太一郎さん、何故か少し赤くなった。

「入院って……?」

「誰かさんが撃たれたもんだから、今現在うちの事務所一のぶっ壊し屋と、昔のうちの事務所一のぶっ壊し屋が逆上しましてね、村田はあばらが三本折れて、安川重体」

……あちゃ。

「ま、ぶっ壊し屋の真樹子ちゃんにしては、おとなしい方だったな」

「ぶっ壊し屋の……真樹子ちゃん?」

「昔の——本当に、昔のね、まだ子供だった頃のわたしの仇名」

レイディ、赤くなりつつ説明してくれる。と、所長が脇から口はさんで。

「昔ね、こいつ、無人のだったけど、事件を解決する為に、小惑星一個ぶっ壊しちまったんだ」

しょ……小惑星一個、ぶっ壊したぁ？

「で、ぶっ壊し屋の真樹子ちゃん」

あ……あいた口が……。

「今回なんかましな方だよな。たった、ホテル五つ壊して、六つ営業できなくして、火星のドームの一部壊しただけなんだから。ね、真樹子ちゃん。もっともかわりに誰かさんがＴＶのっとっちまったけど」

「あ、あのお……」

赤くなる。

「火星のドーム壊したのあたし……」

「たのむぜおい。やめてくれ」

所長、天をあおぐ。

「今回の事件は完全に赤字だ……」

「だってあれだけの小切手」

「もう一人うちの事務所はぶっ壊し屋を抱えとりましてね」

太一郎さん、赤くなってそっぽむく。

「出張先で、誰かの子供の話聞くや否や、宇宙船のスピード違反の記録作って、つかまえにきたパトロールの船、航行不能にして、タイタンの着陸許可もとらずに強行着陸して、入国管理局の玄関壊して、そこのデータ盗んで、人の船一つのっとってシュトルツネク号をおいかけ、はてに人の船ぶっ壊した野郎がいるんだ」

……成程、赤字だあ。そうか。太一郎さんの〃かたづけなきゃなんない仕事〃って、レイディの子供、助けることだったのかあ。

「あの、それなら」

もう少しお金払おうか。多分、レイディはこう言いかけたんだと思う。と、それの機先を制して、麻子さんがしゃべりだす。依頼人の前で、無神経な口きいちゃった所長の足をヒールでふんづけつつ。

「それにしてもあゆみちゃん、凄い猫飼ってるわねえ」

「凄い猫？　バタカップのこと……？」

「この猫、大たちまわりの末、殺し屋さんみたいな人、二人、つかまえたわよ。顔にとびついて、滅多やたらにひっかきまわして」

す……凄い。

「飼い主に似たんだな」

太一郎さん、こわごわとバタカップを見おろす。バタカップは、いとも自慢気に、みゃうって鳴いて、胸をはった。うん、あれ。レイディにもらった小切手。あれで毎日バタカップにトロ、食べさせてあげよう。

なんて、なごやかにみんなでお話ししていると。看護師さんが口はさんだ。

「もうそろそろ、ねた方がいいですよ。すみません、お見舞いのみなさん……」

「あ、はい」

一同、立ちあがって。あたし、ちょっと考える。

「ね、看護師さん。もう少しおきてちゃいけませんか？」

「もう少しなら」

「じゃ……ごめん、あたし、レイディと太一郎さんに話があるんだけど……」

決心していた。あたし以外の誰もが、あたしに遠慮して、この話をしないようにしてるんだろう。だとしたら。

あたしがするっきゃないじゃない。たとえそれが――どんなに辛いことであっても。

☆

病室の中に、あたしと、レイディと、太一郎さん。この三人だけ。あたし、息を深く吸う。

それから。

「レイディ。月村真樹子さん」

わざと、旧姓で呼ぶ。

「それから太一郎さん」

一呼吸。

「あの、ね。あの……二人共、別れた訳じゃなくて、単にその……」

単にその。何と言おうか。何といったら。

「そうね」

レイディが、何だか妙に優しい微笑をあたしにむけ、ゆっくりとしゃべりだす。

「久しぶりだわ、太一郎……」

「真樹子……」

少し、沈黙。レイディは、何ともいえない——形容しがたい程、しあわせそうな、うっとりとした——表情をして、つかつかと太一郎さんに歩みよった。そして、右手を、彼の肩にかけ。

あたしはたまらず目を伏せる。

「あのね、太一郎……」

ぱあん！

次の瞬間、レイディの左手は、太一郎さんのほおを、おもいきりひっぱたいていた。

「な、何すんだ！」

ぱあん！　今度は太一郎さんの左手が、レイディのほおをたたく。

「夕飯が腐っちゃったでしょ！」

ぱあん！　レイディ、太一郎さんひっぱたく。

「こっちにはこっちの事情があったんだ！」

ぱあん！　太一郎さん、レイディ、ひっぱたく。

「いかに久しきものとかは知んなさいよ！」

ぱあん！　またまた、レイディが太一郎さんはたいた。と、今度は太一郎さん、ひっぱたき返さずに、一瞬、顔をゆがめる。そして――ほんの一瞬、レイディが、涙ぐんだように見えた。それから太一郎さん、いつもの調子で、くっくっと喉の奥で笑って。

「で、どうだ。旦那、いい男か」

レイディの髪を、くしゃっとかきまわす。レイディもほほえんで。

「あたり前よ。このわたしが選んだ男ですもの。銀河系で一番いい男に決まってんでしょ」

「だろうな」

「当然」

で、二人してしばらく笑いあって。あまりのことの成り行きに、あたしが呆然としていると。

レイディがつかつかあたしのそばに歩みよった。あたしの肩を抱いて。そっと耳うち。

「あゆみちゃん、ありがと。わたしに彼をひっぱたかせてくれて」

「あ、あのお……」

「ストップ。何も言わないで。あなたの言いたいこと、判ってる気がする……。でも」

いつくしむ。この表現が、一番適切なような——優しい、優しい、ほほえみをうかべて。レイディ、じっとあたしをみつめた。そして、次の瞬間、またもやレイディの表情は一転し、心底かわいらしい、多少得意気なほほえみになる。

「いーい。わたし、主人を——木谷信明を、本当に愛しているのよ」

ウインク。

「あなたもね、人にゆずる、なんて莫迦なこと、考えちゃいけないわよ。……いーい。ほれちゃったらね、どこまでも相手をおいかけなさい。ピラニアの如く、喰いついてはなれないで。……太一郎はね」

目を、伏せる。

「太一郎は、銀河系で二番目にいい男なんだから……」

それから。うまくあたしの左腕をさけ、あたしをぎゅっと抱きしめた。

「本当に……この子ったら……あんまり莫迦なこと考えちゃ駄目よ……かわいいったらありゃしない」

「レイディ……」

視線が、であった。するとレイディ、あたしから手をはなして。

「わたし、地球へ行くわ。……多分、当分火星には帰ってこない」

レイディ。あたしに遠慮しないで。太一郎さんと、つもる話があるんじゃないの。そう言いたかった——でも、言えなかった。と、レイディ、あたしの表情を読んだように。

「四年前のわたしは四年前のわたしよ。今のわたしには、旦那が一番大切なんだから。……ね。さてと」

軽く首をかしげて。そこにタイミングよく太一郎さんが口をはさんだ。

「しあわせにな」

「うふ」

レイディ、ドアの処で、こっちをふりかえって。いつの間にか、あたしのうしろに太一郎さんがいた。あたし達にむかって……とびきり上等のウインク。

「こっちの台詞よ。……おしあわせに、ね」

ドアがあき——ドアがしまる。

そして。レイディは……行ってしまった。

長い髪が、さながらヴェールのように彼女に従って……。

☆

ぽん。

ふいに、肩があったかくなる。太一郎さん……。

「この、おせっかい」

苦笑とも何ともつかぬ笑みをうかべて。

「ふんっだ。どうせおせっかいですよお、だ。どうせ、どうせ、あたしのやることなんか……」

一種、妙な感覚。さみしさと、そして……嬉しさの、いりまじったような。

「ほんっとに、おせっかいで、ドジで、莫迦で、阿呆で……」

意地悪太一郎、あらん限りの悪口並べる。

「ドジで、莫迦で、阿呆で……」

繰り返すこと、ないでしょうが。

「本当にもう、本当に阿呆で」

しつこいわね。

「まあったく、たまんねえ阿呆で……」

「何よお。何が言いたいのよお」

「たまんなく阿呆で……本当におまえは」

ふわ。背中があったかくなる。少し重くて……抱きすくめられているみたい。

「本当におまえは……可愛いよ」

☆

三週間程入院している間に、事態はどんどんハッピーエンドへとむかいだした。

まず。ＴＶのニュースは、毎日のように、実に意外な地球の政治家、実業家の逮捕を伝えてくれた。例の、ティディアの粉の一件で。あたしは、その手のニュースの裏側に、いつも、ウインクをしているレイディの顔が見えるような気がしていた。

それに。例のニュースキャスターさん、全然、くびになんかならなかったのよ。あのニュース、何でも、再放送になって、史上二番めの視聴率をかせいだんだって。一度、六つの女の子連れてお見舞いに来てくれた。

あと。所長と麻子さんは、ついに華燭の典をあげることになった。熊さん夫妻がお仲人だって。

「真樹ちゃんにさんざ怒られちまったんだよね。いつまで麻子をまたせる気なんだって……。俺の方としても、だな、その、家事の問題とかいろいろうっとうしいし……」

二人そろってお見舞いに来てくれ、二人そろってひたすら照れて、こう言いおいて帰って行った。あたしの退院を待って、身内だけでちいさな式あげるんだって。バタカップまで、およばれされた。

それから。例のあばらを折った村田さん。一応の処置がおわり、警察の方へ身柄を移される時に、おまわりさんつきで、あたしのお見舞いに来てくれた。太一郎さん、少し赤くなって。

「悪かったな。あんた、あん時あゆみをおさえててくれたんだって？　それでだいぶ怪我の状態がよかったんだって医者に言われた」

「いや」

「ね、どうして……何で、そんなこと、してくれたの」

あたし、思わず聞く。と、村田さん。

「むしろこっちが聞きたい。なんであんた、あん時俺をかばってくれたんだ」

「へ？」

「安川さんの射撃のセンスは最悪でね——あんたが俺をつきとばしてくれなかったら、今頃は死んでたところだ。命の恩人を粗末にする訳にもいかないだろ」

「あ……あたしはレイディかばおうとしたんだけど」

と、村田さん、ふきだした。

「本当にあんたはどうしようもないガキだな。それでよく、ボディガードなんてやってんね。もう少し落ちつきゃいいのに。あの角度じゃ、木谷にはあたんなかったろうよ」

ずでっ。

「大学もどって先生でもおちょくるんだな。それが似あってるよ。……俺も、ちょっとゆっくり、頭ひやしてくるよ。どうも俺、職業選択をあやまったみたいだからな」

「うん。あなた、殺し屋なんて似あわないよ」

「俺もそう思う。射撃は抜群にうまい筈なのに、ついに俺、一人も人殺せなかったからな。これはもうむいてないとしか思えん」

彼につきそってきたおまわりさんが、腰をあげた。おまわりさんにひっぱってゆかれながら、彼。

「あんた見てたらね、殺し屋って商売がむなしくなってきちまったんだよ。あんたみたいにすきだらけで、目の前にうどの大木みたいに立つ奴が相手じゃ、引き金ひく気になれん」

☆

……で。ここで。たった……たった一つだけ、ハッピーエンドにならないことがあるの。単にちょっと怪我しただけで、何であたしが三週間も入院しなきゃいけなくなったのかって理由なんだけど……。結局。

結局、あたしの左手のひじから先、切断されてしまったのだ。

……少し、泣いた。あくまでも、少しだけ。だって。レイディを守れたってことに較べれば。

たかが左手の一本や二本。莫迦な強がりだと、自分でも思う。けれど。

我、ことにおいて後悔せず。左腕がなくなっちゃったのは、それはそれは悲しいことだけれど、だからって、あたし、それを後悔したりしない。今、また同じ事件がおこったら、やっぱりああいう行動とったと思う。

本当に——後悔なんて、できないものね。

★

入院して二週間たった頃。太一郎さんが、大きな箱と、とんでもないお客様を連れて、お見舞いに来てくれた。(あ、こう書くと誤解されちゃうかな。太一郎さんは、割とちょくちょく——はたしてこれで仕事ができるのかって心配になる程ちょくちょくお見舞いに来てくれている。)

とんでもないお客はお医者様みたいだった。あたしの腕切ったお医者様と、何だかんだと専門用語を使って長いこと話しあい、それからあたしの切断された腕の状態をやたら調べて。

「……凄いな」

ぽつんとこう言った。

「凄いって?」

「木谷さんという方は凄い方ですね。よく、人の腕の形状をあそこまで正確に記憶できるものだ……。ほとんど狂いがない」

「……何の話ですか」

おおよそ、話の見当はついたんだけど……でも、まさか。

「義手のことですよ。この箱」

お医者様みたいな人、太一郎さんのかかえてきた箱を、あける。と、でてきたのは……腕。

「細かい使用上の注意なんかは、これ読んで下さい。まだ一般の人に販売するのには高価すぎるんで、印刷した使用上の注意がないもんで……僕が船の中で書いた奴だから、多少読みづらいでしょうが」

「あ、あの、いえ……」

ざっと目を走らせる。残った神経に直接接続できる——つまり、いままでの左腕とまったく同じに使え、車にひかれてもつぶれないだけの強度があり、筋力は人間の五十倍、握力三百。人造皮膚には弾力があり、うぶ毛まではえている。体温は調節でき、X線防止装置までついている。(これつけてX線とられても、骨のようなものが見えるってしくみ。)怪我をすれば出血するし……。

「特別注文じゃなきゃ作らないから、正確なサイズが必要だって言ったんですよ。その時木谷さんが言ったあなたの腕のサイズ、一ミリ以下の誤差しかない……。これじゃ、僕が出張してきた意味、あまりないな。……ま、とにかく、包帯がとれ次第リハビリにかかりますから、時間あけといて下さいね」

「あ、あのお……」

「その前に、使用上の注意は、完全に暗記しといて下さい」

「あ、あの、でも……」

「僕の出張費なんかもすべて支払い済みですから、御心配なく」

「あの、でも……」

あたしが口ごもっている間に、お医者さん、すたすた病室出てっちゃった。ちょっとお。

思わず太一郎さんの方むいて。

「ね……どうしよう」

「ん？　どうしようって？」

「この義手……特別注文って言ってたじゃない……。これ一つで宇宙船一つ買えるわ……」

「宇宙船二つは買えるな」

「こ、こんなもの……」

「もらっておけよ。おまえの左手は——生の左手は、宇宙船の五つや六つより、もっと価値があったんだから」

「でも……」

しばらく絶句。

「もらっとけ。どうせむこうは金が余ってんだ」

今の台詞、あたしに抵抗なく義手をうけとらせる為のものだと判っていても、かちんとくる。

「ちょっと。彼女のこと、そんな風に言わないでよ」

「ん？」

「彼女を侮辱すると許さないんだから」

「おーお。許さないって、どんな風に」

「手袋投げちゃう」

「なっまいき。この太一郎さんに勝てると思ってんの」

「アクション物のヒロインは死なないんだもん」

「俺はアクション物のヒーローなんだが」

で、二人して少し笑って。それから太一郎さん、ぽつんと。

「もらっといてやれよ。せっかく真樹子が、カルテのコピーとってまで作ってくれたんだから……」

「ん……」

少し微笑む。ふいに太一郎さんの顔があたしの顔から十センチはなれてないとこ——至近距離にあるのに気づいて。慌ててあっちこっち見まわす。あ、箱の中に。

「あ、レイディの手紙！」

ついつい大声で叫んでしまう。太一郎さん、耳おさえて。

「おまえね、近くに人の顔がある時は、少し声の大きさに気をつけろ。……たく。ラヴシーンもできやしない」

「え……今、何て……」

「何も言ってない何も。早く手紙読んだら」

「あ……うん」

ごそごそ。手紙開いて。

『あゆみちゃん。あなたの左手、本当にごめんなさい。何と言っておわびしたらいいのか……これは、せめてものおわびのしるしです。どうぞ、受けとって下さい。

太一郎——息子には、あなたのことを、命の恩人のお姉さんだと教えてあります。そのうち、こっちの件がかたづいたら——多分、二、三年かかるでしょうが——息子と主人を連れて、命の恩人のお姉さんに会いに行こうと思っています。(そうそう、夫とやっと連絡つきました。やっぱり死んでなかったわ。)

あなたのお話をしたら、主人がとても会いたがっています。あなたの、そのなみはずれた運の良さが、どこか彼の第六感にひっかかるのだそうです。
二、三年後。あなた、二十二、三、ですね。その頃までに、あなたは、どれ程素敵なレイディになっているでしょう。どれ程素敵な女になっているでしょう。

今から、会える日が楽しみです。

では。おしあわせにね。

木谷真樹子』

森村あゆみ様

二、三年後。あたしは……どれだけ素敵なレイディになれるだろうか。どれだけ素敵な女になれるだろうか。
軽く、目をつむり、また目をあけて。

「あのね」

「ん?」

「レイディ、言ったのよね。……ほれちゃったら、どこまでも相手をおいかけなさいって」

少し遠くを見つめる。

「だからあたし、おいかけることにするわ。いつか……いつか、レイディ、つかまえる」

「へ?」

「太一郎さんって、女の人見る目あったわよ。あんっな素敵な人、二人とないわ」

「おいかけるって、おまえ、真樹子を……」

「いつかつかまえる」

いつかつかまえる。あたしの――レイディ。いつかなってみせる。太一郎さんの愛したレイディ。

でも。でもそれは。レイディみたいな女《ひと》になりたいってことじゃないの。まして、レイディを物理的においかけてゆくってことでもない。

いつか、レイディ並みの女になってみせる。

わたし、後悔しないことにしてるの。自信をもって、こう言いきれる、レイディ。後悔しないようにする――これは、楽天家の台詞なんかじゃない。後悔することの方が、後悔しないようにすることより、ずっと楽なんだもの。

そのレイディが――そんなレイディでさえ恋におちた時――木谷さんにほれた時、この人に甘やかしてもらう価値のある自分になりたいって思った訳でしょ。だとしたら、あたしなんか。そもそも恋におちる前にやらなきゃいけないことが一杯ありすぎるわ。うん。

太一郎さんのこととか、その他のこととか、みんな、そのあとよ。まず、やんなきゃ。自分自身をみがくこと。

あたしは、レイディに好かれるにあたいする――守ってもらえる資格のある女になりたかった。守ってあげられる力のある女の子になりたかった。

だから。太一郎さんが、あたしのことをどう思っているのかを知る前に——彼に好かれるにあたいする女になりたい。

「くっくっくっ……」

太一郎さん、笑ってる。

「ひっでえ。こんな話、聞いたことない」

「何が」

「つい先刻までね、麻ちゃん達もまとまることだし、俺もそろそろ身をかためる方向について検討してみようかと思ってたんだ」

「で？　やめたの？」

「くっくっ……莫迦」

……笑い死んでる。いいや、あたしも笑っちゃお。どうせ莫迦だもん。どうせ。言葉の裏の意味になんか、まだ当分気づいてあげないの。意味の判んない台詞として流してしまお。あ……そういえば。

「ね、あれ、どういう意味なの」

「何が」

「レイディの台詞。いかに久しきものとかは知りなさいよっていうの」

「ああ、あれ。あいつ風アレンジ。原典は拾遺集だったかな……。確か、こういうんだ。〝歎《なげ》

きつつ　ひとりぬる夜の明くる間は　いかに久しきものとかは知る〟」

嘆きつつ　ひとりぬる夜の明くる間は
いかに久しきものとかは知る、か。

心の中で、今の歌、繰り返してみる。確かにこう言われたら、太一郎さんとしては絶句する以外、手がないな。うふ。

ね、レイディ。

みててね。

いつか、あたし、あなたにおいつく。いつか、あたし、あなたをおいこしてみせる。

そして——そして。それから。

それから、あたしの義手をなぜて。

「ね、ほくろって、つけられるもの?」

「え?　ん、多分」

「OK。じゃ、あたし、これの手首の下あたりにほくろつけてもらおう」

あたしの左手、腕時計の下のほくろ。〝星へ行く船〟の件を解決する時に使ったほくろ。新しいあたしの左手にもつけてあげるんだ。

そして。

とにかくあたしは、あたしとして、歩いてゆく。あたしとして歩いていって——それでいつか。
あたしは、どれだけ素敵なレイディになれるだろうか。
どれだけ素敵な女になれるだろうか……。

〈Fin〉

中谷広明の決意

「エレベータに乗ってはいけない」

　これが我が家の家訓だと言うと、大抵の人は驚くだろう。二重の意味で。

　まず、〝家訓〟なんてものがあるっていうのに、驚かれるんじゃないかなあ。一体全体、中谷《なかたに》家っていうのは、どんな由緒正しい家柄なんだ、そもそも普通の家に〝家訓〟なんてものがあるのかっていうのが一つと、もう一つは、「エレベータに乗ってはいけない」っていうのは、一体全体なんなんだよ、どんな家訓なんだそれって意味で。

　そりゃ、そうだろうと俺も思う。大体、今の火星の建物は、三十階建て四十階建て低い方、ちょっと気のきいた奴は百階を超しているし、流行りのスポットなんかは、大抵ビルの百五、六十階にある。（何故かは判らないけれど、流行の発信地は、妙に高い処《ところ》を好むみたいだ。）この状況下で、エレベータに乗ってはいけないとなると……行ける処が、とても限られてしまうのは、まあ、言うまでもないだろう。

　俺が、この家訓を守って子供時代を過ごすことができたのは、教育施設は大抵の場合、どの建物でも低層階にあるからだっていう理由と（月・火星には、火災や隕石落下など、まあ滅多にない有事の場合の避難経路確保の為、学童・学生が常時百人以上集まることになる施設は、十階以下に作ることっていう法律がある）、俺が生まれ育った家が、アパートの六階っていう、比較的低層部分にあったからだ。

いや、だけど。

子供の頃は、結構これが嫌だった。

六階は、確かにとっても低い階だけれど……それでも階段を、六階分、上らないと家に帰れないんだぜ、子供の頃の俺が、これ、苦にしなかったとは思って欲しくない。いや、階段上ること自体は、そう嫌でもなかった、でも、一緒に帰ってきた同じ階に住んでいる友達が、エレベータであっという間に家に帰ってしまうっていうのに、俺だけが、ひたすらてくてく階段上って……。何でこんな莫迦なことやんなきゃいけないんだろうって、いくら子供だって、思わない筈がない。

だが、俺がこれについて文句をあんまり言えなかったのは……あきらかに、俺より悲惨な人達が、家族にいたから。(というか、俺以外の家族はみんな、俺より悲惨だったから。)

おふくろなんて、もう、ほんとに文句たらたらだった。重いものは宅配を頼むとしたって、それでも、この人は常時家族の為の買い物をしなきゃいけない訳で、それを持って階段を六階分あがるのはかなりきつかっただろうし、仕事で酒の席があり、酔って帰ってきた親父が階段六階あがるのはやはりきつかっただろうし……ばあちゃんに至っては、階段六階分おりるのだけで一仕事だ。

ただ。死んだじいちゃんが、「何が何でもエレベータを使ってはいけない、これは中谷家の家訓だ」って、あくまでもあくまでも主張し続けていたので……しょうがない、家族はみんな、これを守っていたんだな。

あ、いや、こんなことを書くと、またぞろ、最初の疑問が復活するかも。

家訓があるだなんて、それはどんなに凄い家柄だって。

全然、凄くない。

むしろ、その逆。

うちは、じいちゃんが子供の頃、火星にやってきたっていう、新興移民である。俺でたったの三代目。だから、家訓を作ったのは、じいちゃん。これはもう、全然〝家訓〟なんていうようなものじゃない、大人になった今にして思えば、単なるじいちゃん個人の意見にすぎないんだけれど……何せ、死ぬ直前まで、「これは家訓だ、絶対守れ」ってじいちゃんが主張してたもんで……しょうがない、これが〝家訓〟になってしまったのだ。

じいちゃんは、火星に移民してくる前、地球の日本という処で暮らしていたんだそう。そんで、どうやら、地球日本って、地震の巣だったらしいのだ。そんでもって、九歳のじいちゃん、エレベータに乗っていた時、結構大きな地震にあったそうなのだ。

結果、じいちゃんは、エレベータに、七十一時間と四十七分、閉じ込められたことがあったそう。(「あの、七十一時間と四十七分！　間違いなく死を覚悟した。生きて帰れる訳がないと思った」っていうのが、じいちゃんの口癖だった。)

勿論、これには他の要素がある。どんな地震だって、七十一時間も止まっているエレベータが見捨てられる訳はないのだが……この地震に乗じて、細菌テロが発生し、じいちゃんが乗ったエレベータ付近に、あまり人が近づけなかったという理由がまず一つ。そんでもって、何より重要なのは、この時、じいちゃんは、いたずらでその辺に止まっていたエレベータをひとりで勝手に動かしていて……そもそもいたずらしようとしていた訳なんだから、じいちゃんの位置情報をあきらかにする端末なんか、全部じいちゃんの母親（つまり俺にしてみればひいばあちゃん）のハンドバッグの中に押し込んだままで、ほんとに身ひとつでエレベータに乗り込んでおり、その上、そのエレベータには、同乗していた大人がひとりもいなかった。

つまる処、九歳のじいちゃんは、エレベータについている非常連絡用の装置に、気が付かなかったのだ。エレベータに閉じ込められた本人からの連絡はない、じいちゃんの位置情報を示すものは、すべてじいちゃんが自分で外している。だから、じいちゃんがエレベータの中にいるだなんてこと、外の人はまったく気がつかず……地震騒動とテロ、そのすべてが収束した処で、止まっていたエレベータを動かしてみたら、中に瀕死の子供がいたっていう騒ぎに、当時は、なったらしい。（ただ、子供が一人行方不明になっているのは確かだったので、「あの子供はどこへ行ったんだ」って騒動が起こり、細菌テロが収束したあと、じいちゃんを探す為に大騒ぎになっていたらしいのだが、これはまったく別の話だ。これはもう、じいちゃんの自業自得だって気もするんだが……それ以外のなにものでもないだろうがよって気もするんだが……じいちゃんにしてみれば、〝自業自得〟で済まされていいような体験では、なかったんだろーなー、とは思うよ。)

「あの時。わしが死ななかったから、だから、今のおまえ達がいるんだ」

いや、そりゃ、親父がじいちゃんの子供であり、俺がじいちゃんの孫である以上、まさにその通りなんだが……。けど、それは、悪ガキだったじいちゃんが自分で招き寄せた災難なんじゃないかって気が……。

「絶対に死ぬと思った。真っ暗で、トイレは、まあ、その辺で適当にやったんだけれど……飲み水もない、御飯もない」

それで何の展望もない七十一時間は、確かに辛いだろうなあ。……こうなると、自業自得って、思っていたって、ちょっと、言いにくい。

「暗いって、判るか? おまえ達の知っている暗さじゃない。星明かりも月明かりもまったくない、真の闇で、七十一時間」

確かにあんまり考えたくはない。考えると……何も、言えなくなるような気がする。

「喉は渇く。水はない。あたりは見えない。……見えていたら、さっきやった、小便の処に、行ったんじゃないかと思う。自分が排泄したものとはいえ、水だ。せめて、それを舐《な》めたいと思った。そのくらい、喉が渇いていた」

…………。もう、何も言えない。

「だが、見えなかった。すでに、自分がどこで排泄をしたのか、よく判らなくなっていた。で、這いずって、その辺を舐めてまわることになった。自分のしょんべんを求めて」

…………。

俺達家族はみんな。

このじいちゃんの話を聞いたら……「エレベータに乗っちゃいけないだなんて、あり得ないでしょ」とか、「そんな家訓、受け入れられません」だなんて、言えなくなってしまったのだ。

だから、しょうがない、俺達家族は、とにかく、家訓として『エレベータに乗ってはいけない』を受け入れて……そうして、日々を、過ごしていた。

☆

だが。

この〝家訓〟が俺に齎《もたら》してくれたものは……実は、意外な程、大きい。

なんせ、俺は、物心がついた頃からずっと、ひたすら、エレベータに乗らない人生を過ごしてきたのだ。そうしたら……妙に、体力が、ついてしまったのだ。

俺は、三十七階だろうが、百階だろうが、とりあえず階段を上る。百階だなんて聞くと、うえって思ってしまうのだが、それでも、とりあえず、階段を上る。一緒に一階にはいってエレベータを使う人とは、目的地につくまでに一時間以上時間差がついてしまうのだが、それでも、階段を上る。

ここで、ちょっと、自慢をしたいな。

一時間とちょっとだぜ。

百階で、一時間とちょっと。

これが意味していることと言えば……どんだけ、俺が、階段上りなれているのかっていうことと同時に……どんだけ、俺には、体力があるんだよってことだ。そもそも、俺以外の人間は、階段を、百階まで、上ることができないと思う。それを、俺は、一時間とちょっとでやってのける。

俺、すげー、俺、かっこいーって、思わないこともない。

まあ、物心ついた頃からずっと、毎日日常生活で登山の練習をしているようなものだから（只今の勤務先、水沢《みずさわ》事務所は、三十一階にある。さすがに、学生時代と違って、勤務先が十階以下って訳にはいかなかったので、俺は、毎日、三十一階分、階段を上っておりている）、百階、楽勝とは言わないけれど、でも、不可能な階数ではない。

まあ……ただ……エレベータを使わないのは家訓です、とは、さすがに言いづらいので、健康の為、運動をする為、階段で通勤しているって、人には言っているんだけれどね。

ところで。

話はまったく違ってしまうのだが、俺が勤務している水沢事務所っていう処には、山崎《やまさき》先輩という人がいる。

俺、この人が、実は、結構苦手。

というのは、なんだかこの人、やたらとカンがよくって、大抵の人のことなんか見透かせそうで……俺も見透かされているのかなって思うと、それは、ちょっと、嫌だ。

いや。

ちょっと嫌だ、だなんてもんじゃなくて……もっと、ずっと、積極的に、嫌だ。

この人に見透かされている気持ちがして、それで、自分で自分のことをいろいろ考えてみた処……もっと、凄いことが、判ってしまったから。


俺は。

これを認めるのは、とても辛いので……あんまり言いたくはないのだが、でも、俺は……ひょっとしてひょっとすると……閉所恐怖症の気が……あるの、かな？

ない、と、思う。思いたい。

そんなものがあったのなら、小型宇宙艇なんて操縦できないに決まっている、そして、小型宇宙艇を操縦できる俺は、その免許を持っている俺は、間違いなく閉所恐怖症の訳がない……筈、だ。

そう思うのだが、そうは思うのだが……だが。

俺は、自分で小型宇宙艇を操縦することはできる、だが、他人が操縦している小型宇宙艇にぼんやりとただ乗っていることは、できないんだ。（大型の宇宙船には、緊急時に自分で操縦できる避難用の小型宇宙挺が確実にあるので、これは大丈夫。）

これはもう、どうしてだか、絶対にできない。操縦しているのが、水沢所長だの山崎先輩みたいな、間違いなく信頼に値する人であっても、どうしても俺は、自分が操縦席にはいることができないのなら、その船に乗ることができない。乗れない意味が、自分でも判らない。

自分で操縦をしているのなら、閉所であっても、小型宇宙艇は、自分の手足だ。たとえ事故があって遭難することになったとしても、それをどうリカバリーするのかは、自分の責任の範《はん》疇《ちゅう》。

だが。

自分で操縦をしていないのなら、どれ程信頼している人が操縦しているものであっても、小型宇宙艇は、単なる閉所だ。操縦席にはいることさえできるのなら我慢できるのだが、それができないとなると……ここでもし、万一のことがあったとしたら……。

まっ暗になってしまい、自分は何もできず、ただ、助けてくれる人の存在のみを信じて、ひたすら待つだけの存在。じいちゃんと同じ存在。

……どうも、俺、それが凄く嫌であるらしい。

そんで。

俺が、ひたすら階段を上っているのは……どうやら、〝家訓〟の為だけではなく、そういう精神的なバックグラウンドがあったから……らしいんだよな。〝家訓〟はおいといても、閉所であるエレベータには乗りたくない、そんな気持ちがあるらしいんだな。

山崎先輩といろいろ話しているうちに、なんか、そんなことが、自分で判ってしまった。

これはもう、間違いなく俺個人の問題なんだが……それを俺に悟らせてしまった、山崎先輩が、俺は、苦手だ。

ただ。

これは、あり得ない話だ。

何故って、宇宙生活者にとってみれば、そもそも、何か事故があった場合、最悪、小型の救命宇宙ボールにはいって救助を待つっていう事態に至る可能性、これは常時ある筈で、と、いうことは、俺に閉所恐怖症の気があるだなんて、あってはいけないことで……。

だから、この問題については、無視してほしい。俺は、積極的に、無視することにしている。

いや、だって。無視するしかないじゃないか。


そして、それに。

もっと積極的に……含むところがあるような気がする、俺、山崎先輩に対して。

☆

森村《もりむら》あゆみっていう女の子がいる。

俺と同期でうちの事務所に就職した女の子。

これが、いい子なんだ。

まあ、容貌は、別に美人って訳でもないし、体だって特に肉感的だって訳でもない、そういう意味で魅力的だって訳ではないんだけれど、なんかもう、驚く程まっすぐに育った、ちゃんとした女の子。その、ぎょっとするような〝まっすぐさ加減〟が、俺、なんか愛《いと》しくて、可愛くて。

まったくの新人の頃は、二人共雑用ばっかりまわされていたんだけれど、最近、俺は山崎先輩のアシスタント役を振られることがたまにあり、まだ本当に事務しかやらせてもらっていないあゆみ、今、精一杯俺にはりあっている。けど、そのはりあい方が、実にまっすぐで、健気としか言いようがなくて、これまた妙に可愛いくてたまらない。

けど……この子、山崎先輩が好きなんだよね。いや、本人は、まだ、意識していないのかも知れない、いや、意識はしているのかな、でも、それを、自分の心の中で、明文化できないでいる。

んで、それがまた俺には口惜しくて。

口説きたいんだけれど、口説けない。

間違って口説いちゃったら、恋愛問題を意識させちゃったら、この子は山崎先輩の方におちるだろう。そのくらいあやういバランスを、只今、この子はとっている。

それが判っているから、口説けない。

だけど、彼女、ほんっとにいいんだ。こんなまっとうな女の子、なかなかいないと俺は思う。

ちっくしょうっ！

気になっている女の子がいるのに、山崎先輩のせいで、口説けない。（いや、これは言いがかりだな。俺が口説いたっていいんだろうけど、そのせいで、あゆみが山崎先輩におちるのは、なんかあんまり口惜しい。俺、山崎先輩には含む処があるから、そんな、敵に塩をおくるようなことは絶対したくない。）

……まあその。

何を言いたいかって言えば……まとめると、俺は、山崎先輩に対して、複雑な感情を持っている、そんなところだ。

☆

「あー……実は……やっかいな仕事の依頼がきた。これは……麻子《あさこ》に振るのが一番いいんだが……」

ある日。

水沢所長が、こんなことを言った。

まだ勤務時間になっていなかったから、あゆみや熊谷《くまがい》さんは、事務所に来てはいない。そんな状況下で。

「え？　どんな話なんです？」

「いや、そもそも、うちの事務所にくるような依頼じゃないの。うちの事務所がやる仕事でもない。とある会社の社員の評判が知りたいっていう奴で」

「もろに結婚問題かい？　どっかに勤めている社員の素行調査っていうか、評判お伺いっていう奴か」

って、山崎先輩。

「そう。うちは、トラブルシューターをやっている訳で、これは間違いなく〝やっかいごと〟ではない訳だから、うちの仕事じゃないんだが……」

でも。

「断れない訳だな」

「いや、断れる。断ることは簡単にできるんだが、だが……えーっと……」

「そんで、麻ちゃんにそれを振るっていうのは……相手は、俺達に関係がある奴？　わざわざ麻ちゃんの名前がでるっていうのは、ご近所さま？」

「そのとおり。うちのビルの、二十八階に、山田《やまだ》不動産ってオフィスがはいっているだろ、あの階は、すべて山田不動産の持ち物で、家族で不動産業やっていて、そこのお嬢さんが、山田東子《とうこ》さん。その東子さんの人物調査で、依頼主がうちのビルのオーナーだから……」

「だから断れないのか」

「いや、さっきも言ったように、断れない訳ではない。断ることは可能なんだが、断るとあとが面倒だっていうか……」

「あの、大丈夫ですよ。あたくし、そのくらいのこと、しますよ？　その仕事、受けてくれて何の問題もないです」

麻子さんがこう言うと、所長は、より、苦虫をかみつぶしたような顔になって。

「麻子がそう言ってくれることは最初っから判っていた。だから、俺は、より一層、この仕事を麻子に振りたくはない。何故ってこれ、間違いなく麻子の仕事じゃない訳で……というか、そもそも、うちの事務所の仕事じゃない訳で……」

「でも、このビルの住人に関してなら、間違いなくあたくしが最適な訳でしょう？　なら、あたくしが……」

「ああ。もしこの仕事を受けるとしたら、それは確かに麻子にやってもらうしかない」

「だからあたくしがやるって……最適だって、所長も思っている訳でしょう？」

「最適だから、より一層、振りたくない。とはいえ、もし、この仕事を受けるとしたら、それは麻子にやってもらうしかない」

「だから、あたくしがやりますって言ってます」

「でも、それはうちの事務所の仕事ではない訳で……」

ああ。

見事なまでの行ったり来たり。

しかも、よくよく聞いてみたら、この〝行ったり来たり〟は、それなりに事情がある行ったり来たりだった。

この仕事を、「うちの仕事じゃない」ってポリシーを持って断ることは、〝やっかいごとよろず引き受け業〟会社としては、ある意味とても簡単。だから、依頼を断ること自体は、まったくOKなのだが、このビルにはいっている〝水沢総合事務所〟としては、御近所付き合い的な意味で、いささか問題が発生する。(うちの事務所がはいっているビルは、ある意味アットホームで、ビル内町内会みたいなものがあるのだ。)

　そんで、御近所付き合い的な意味で問題が発生した場合、それは、所長は気にしない、山崎先輩だの古参の熊谷さんだのも気にしない、勿論俺だって気にしない、でも、うちの事務所の町内会担当みたいなポジションにいる、麻子さんに辛いことになりかねない。だから、麻子さんのポジションを慮《おもんぱか》ると、この依頼は受けるべきで、でも、受けた場合、それをやるのはおそらく麻子さんで、所長としては、そんな変な仕事を麻子さんには振りたくはなく、かといって断ると、被害を被るのは麻子さんで……ああ、もう、こう書くと、所長の思惑が行ったり来たりするのは必然だよな。

　しかも、これは別に秘密でも何でもないんだけれど、所長と麻子さんは恋人同士であり、所長にしてみれば、所員でもあり彼女でもある麻子さんに、変な仕事を振りたくない気分は充分、そして同時に、未来の自分の奥方である麻子さんに、町内会問題で余計な苦労をさせたくない気分も充分っていう……。

　その上。

　こんな不毛な議論が続いていると、やがて。

　何だか、この案件が、あゆみに振られそうな感じに、なってきたのだ。

何たってあゆみ、この間からずっと「あたしにも仕事を……」って無言の圧力を所長にかけまくり状態だし、こんな仕事ならあゆみだって大丈夫だろうし……。

ああ、そうだよ、これはもう、問題になるような案件ではなく、（だから山崎先輩に振ったら絶対嫌がるだろうし、熊さんには申し訳なくて振りにくい）でも、所長があくまでもそれを最適任の麻子さんに振りたくないのなら、そりゃ、あゆみに振るしか、ないよなあ。けど、あの〝まっすぐあゆみ〟がこんな問題にとりかかったら、御近所づきあいがからむような微妙なケースに全力でとりくんじまったら……なんか余計なことをほじくり返してしまいそうな気が……。

俺がそう思った瞬間。山崎先輩が、軽く唇を舐めた。

お。

今。

山崎先輩、何か口をはさむつもりだ。所長があゆみにこの案件を振らないように。

そんで、俺は、ここで、口をはさんだ。

「その仕事、受けていいと思います。だって、とても簡単なんだから。そんで、東子さんって言ったっけか、その、山田さんのお嬢さんは、とてもよい家庭で育ったいい人だって、依頼人に言っちゃってていいと思います」

「って、おい、いきなり、中谷、何だ」

「いや、俺は知ってますから。二十八階の山田不動産でしょ、あそこのお嬢さんは、とても素晴らしい人です。麻子さんが調査したら、その事実を裏書きする証拠が一杯でてくると思います。そんで、それを依頼人に報告すればいいだけなんだから、もう、依頼料、丸もうけ」

★

だって。

俺は、知っている。

うちの事務所へ至る階段……二十七階から二十八階への階段、二十八階から二十九階への階段は、いつも、とても、きれいなのだ。勿論、定期的にビルの清掃はいる、だから、ごみだらけ、汚れ放題の階段はそもそもない、だが、それでは説明がつかないくらいに、ここの階段は、いつだって、きれいなのだ。

と、いうことは。

誰かが、この階段を、毎日掃除しているのだ。

これには。

いくつかの可能性がある。

一番ありそうにないのが、二十七階、二十八階、二十九階のテナントが、揃ってみんなして、何故か異常にきれい好きで、毎日掃除をしているっていう奴。それも、自分の処の前の廊下だけじゃない、階段なんていう、普通誰も使わない処まで掃除をする程の、異常なきれい好きが揃っているっていう可能性。

まあ、この可能性は皆無ではないんだけれど、一階から二十六階、三十階から三十一階までのテナントが、まったく（自分の処の前の廊下を掃除している人はいるけど、階段なんて誰も使わない処は）掃除をしていないことを考えると、これはちょっと無理があるんじゃないかなあって思われる。（もっと上の階については、俺、上ったことがないから断言はできないんだけれど、普通、掃除、していないと思うぞ。）

そして。

一番ありそうなのが、二十八階のテナントが、とてもちゃんとした人なんじゃないかなあっていう可能性なのだ。

階段なんて。

そもそも、非常時でなければ、誰も使わないんだぜ。（いや、俺は毎日使っているけれど。）

そんな処の掃除を、毎日やってるのは、どんな人間だ。

しかも、掃除されているのは、二十七階から二十八階への階段と、二十八階から二十九階への階段。

ここから演繹《えんえき》される事実は、たったの一つだと思う。

二十八階の居住者の中に、とてもちゃんとした人がいるのだ。

とてもきれい好きな人がいるのではない、とても〝ちゃんとした人〟がいるのだ。

自分の家の前を掃除するだけではなく、自分の家の前を〝含む〟、自分の家の前に来る人が使う可能性がある処を、毎日掃除している人が。

そんで、二十八階がすべて山田不動産の持ち物ならば、その〝いい人〟は、山田不動産の人に限られる。今、話を聞いた感じでは、それは、山田不動産の奥さんか、お嬢さんだろうと思う。（まあ、意表をついて、掃除好きの旦那さんって可能性もあるが。）廊下や階段の掃除は、間違いなく不動産屋の業務ではないから、従業員にやらせているという可能性は低い。

と、なると。

お嬢さんが掃除をしているのなら、間違いなくそのお嬢さんは、〝ちゃんとしたいいお嬢さん〟だろうと思うし、奥さんや旦那さんが掃除をしているのであっても、これは、山田不動産の娘さんは、〝ちゃんとした家で育ったちゃんとしたお嬢さん〟だっていう話になる。

☆

じいちゃんは、あの家訓以外にも、いろんなことを、俺に教えてくれていた。

例えば。

「この火星みたいに……何百世帯もが一緒に住んでいる集合住宅にいるとよく判らなくなるんだけれど、昔ながらの一戸建てに住んでいたらなあ、人は、色々、やらなきゃいけないことがある。たとえば、落ち葉の始末や雪かきなんか」

って、それは、住宅管理局の仕事なのではないかって俺は思ったのだが、こんなことを言ったら、じいちゃんに軽くはたかれた。

「役所がやってくれるのなら、それはそれでいい。だが、そこに住んでいる人間として、自分の家の前の落ち葉やごみや雪くらいは、自分で始末する気概を持っていないと、なさけないぞ」

……まあ……自分の家の前のごみを始末するくらいは、確かにやってもいいのかな。

「それで、その時。大切なのは、自分の家の前だけでことをよしとしない感覚なんだな」

って、それは、何なんだろう。

「自分の家の前に、枯れ葉が堆積していたとする。その場合、自分の家の前の枯れ葉を掃くだけじゃ、駄目なんだ」

「……って？」

「せめて、お隣の家の前の枯れ葉を、自分の家から、お隣の家の領域、四、五十センチくらいまでは、掃いてさしあげなさい」

って？　言っている意味が、判らないぞ。

「自分の家の前をきれいにするのは当たり前、だが、枯れ葉なんてものは、風が吹くととんでくる。自分の家の前の枯れ葉がお隣にとんでゆくことはよくある、お隣の家の前の枯れ葉が自分の家の前にとんでくることもよくある。ならば、お隣の家の前も、ちょっとは掃いてさしあげなさい。それが〝当たり前〟だという感覚を持ちなさい」

……って？

「それが、相身互いっていうもんだ」

……相身互い。これ、辞書によると、『同じ境遇・身分を同情しあうこと』になっているんだけれど……。じいちゃんが言っていることは、何か違うような気がするんだけれど……。

「それができないのなら、それに思い至らないのなら、そもそも、一戸建ての主人になる資格がない」

うわっ。そうくるか。俺にとってはよく判らないんだけれど、微妙に、『相身互い』っていう言葉の意味が違っているような気がするんだけれど……でも、じいちゃんの言っている〝感覚〟、それ自体は、何か判ったような気が、ちょっと、する。

……ま、その感覚がどこまで正しいのかは、判らないんだけれど。

結果として。

俺が進言したことは、どうやら、正しかったらしいのだ。

山田東子さんは、実際にすばらしいお嬢さんであり、「お互い様だから」って理由で、自分が使っているビルの一階上も一階下も、階段を掃除しており……調査した麻子さんは、そういう結果を出すことになり、俺の水沢事務所内での評価は、あがった。

☆

……こぽこぽこぽ。

ある日。その後。

山崎先輩も水沢所長も熊谷さんもあゆみもいない事務所内にて。

俺の為に、麻子さんが、コーヒーをいれてくれている。俺、呼び出されたのだ。

「今回のあたくしの案件に関しては、本当にありがとう。助かりました。……それでもって……何も調べないうちに、あんなことが判ったんだもの、中谷くんって、〝情報屋さん〟？」

ぐっ。

俺、息がつまる。

確かに俺はそっちが得意分野なんだけれど、まだ新人なんだし、そんな話、したことはなかった。いや、実は、高校生の時、一回水沢さん達と会ってはいるんだが、その時、そんな自慢をした覚えもあるのだが、あれは若気の至りであって、ぜひ忘れていて欲しかったのだが……。

ことん。麻子さんは、俺の前に、コーヒーをおいて。

「〝そうだ〟って言っておいた方が、なにかといいんじゃない？」

で、にこっ。

え？

……え？

この、笑みの意味は、何だっ！

「その方が、きっと、いいわよねえ」

確かにその通りなんだが。俺が今回の件について進言できたのは、あくまで俺の特技故じゃなくて、俺が階段通勤をしているからで……階段通勤している理由なんか、絶対に他人には言いたくはない。その上、俺が口を挟むことになった直接の理由なんか、特に、あの案件があゆみに振られそうになったから、それは何か面倒なことになりそうだから口をはさんだっていうのは、絶対に、絶対に、言いたくはない。

……んで……そんなこと……何だって麻子さんが……あ、そうか。実際に山田不動産の調査をすれば、階段通勤をしている俺のことなんか、麻子さんには判って当然なのか？

「ほんとに、ありがとう。あなたの情報のおかげで、今回あたくしはとっても助かりました。だから、お礼だけは、言わなきゃいけないと思ってました」

「…………」

「それで……聞きたいんだけれど……何であなたは、あんな情報を知っていたのかな？　もし、あなたが、〝情報屋さん〟じゃないとしたら」

「…………」

「んふっ。あんまり、言いたくないことも、あるわよねえ」

……！

判っているのなら、聞くな。何なんだ、その、すべてを了解しているかのような台詞《せりふ》は。

「なら、ごまかしちゃうっていう手段は、いつでも、絶対的に、あり」

「…………！」

なら、そんなこと、言うなよー。んで、何と言ったらいいのか判らなくなった俺は、とりあえず。

「コーヒー、おいしいです」

と、麻子さん、にっこり。

「その台詞は、せめて、コーヒーを呑んでから言ったらいいんじゃないかしら」

ぐわあああっ。そういえば俺、まだコーヒーに口をつけていなかったか？

そんで、にっこり笑っている麻子さんを見て……その……あの……。

負けた負けた俺は負けた、俺はこんな奴と勝負なんかしたかねーっ！

うわあああっ。

麻子さんって、確かにあの水沢所長の彼女だけのことはあるわな。

何があっても、絶対、人に弱みをみせたくないんだな、この人。余計な〝借り〟を、絶対に作りたくはないんだな、この人。理由もなく、自分が自分の処の所員である中谷広明に助けてもらった、そんな形を作りたくはないんだな、この人。

だから、今回のことは、俺が〝情報屋さん〟だから判ったっていう話に落ち着かせたいんだな、この人。俺が〝情報屋さん〟で、その〝情報〟にのっとってこういう形になったのなら、それは別に何の不都合もない、だから、そういう形にしたいんだな、この人。

だって。

〝そういう形〟ではないのなら、いずれ、何かあった時、〝麻子さんの大切な水沢所長〟が、俺に不必要に気を遣ってしまうことになる可能性があるから。

そんな可能性を、すべてぶっ潰してゆく為の、この台詞だ。

この事務所で。

凄いのは、人を見透かしてしまうのは、山崎先輩だけじゃない。

麻子さんだって、凄い。凄すぎる。

この麻子さんを彼女にしていて、山崎先輩を使っている水沢所長は……も、考えるの、やめよう。どんな化け物なんだろう。


俺は。

中谷広明。


かくて。

そんな事情により。

情報屋を、目指します。目指すことをここに宣言致しますー！

いや、もともとそれ、人脈の広さには自信がある俺にとって、得意分野だって言えばそのとおりなんだけれど。この事務所にはいる前、情報収集には自信があることを売りにしてはいたんだけれど。でも、あの高校時代の生意気な俺は、俺の中の黒歴史であって、今まで封印していたんだけれど。

こういう振られ方をすると、とにかく自発的に積極的にそれを目指すしかない。

……なんか、文句、あっかあっ！

〈Fin〉

あとがき

あとがきであります。

★

今回、『星へ行く船』シリーズを再刊していただくに際して、「決定版を作ろう！」って思って、このシリーズを全部通読校正してみて、驚いたことがありました。

私って……私って……女の子を描くのが、ほんっとおに、好き、なんだ、なぁ。

いや、そんなこと、最初っから判ってはいたんですけれど。通して読んだら、このお話って、本当に作者が「女の子大好きだ！」、そう主張しているとしか思えない構成になっております。

大体、シリーズもので、あきらかに主人公があゆみちゃんで、彼女が微妙な片想いしているヒーローが太一郎《たいちろう》さんで、そんで、二冊目で、その太一郎さんの過去の女性が出てくるお話を普通作るか？　いや、作るかも知れないけれど、それにしたって、出て来方ってものがあるじゃない。ここまで大胆に、どっからどう見てもレイディ主役だ！って書き方、普通、しないよねえ。

そんで、次に書いたのが、『カレンダー・ガール』。

いやあ、通して読むと自分でも驚く、ほんっとに私、女の子が好きなんだ。女の子だけが、好きなんだ。

だって、こっちは、ある意味、『レイディ』のカウンターパートでしょうが。

自分で作っておいてなんなんですが、すっごい、この構成。『レイディ』書いた時には、確か、自分でもこのお話の全体構成、とっていなかった筈なので……その時代に、全体構成も判らずに、書いたのが、これかよ。普通に自然に書いちゃったら、こうなっちゃったのかよ。

私、自分で自分のお話を制御できません。お話は、〝本能〟で作ってるって言ってますし、実際、そんなものだろうと思ってます。書きたいように書いたら、なるようになる、それが、〝お話〟というものだと思っています。

……と、いう、ことは。

私の〝本能〟って、けっこ、凄いよな。

それにまた。

ほんっとおに、「男なんてどーでもいい」って、心のどっかで思っているな、この時代の私。

そうとしか思えないシリーズ構成です。

☆

ところで、今回、おまけの短編を四本程書きました。番外編、よっつ。

本編がね、やたらと女の子を優遇している感じでしたので、番外編は、そのあたり、ニュートラルに。

水沢《みずさわ》総合事務所の、太一郎さんとあゆみちゃん以外のひとを、おのおの主人公にしております。

☆

まず、水沢所長編。

これは、一巻にいれました。

これは、「何であゆみちゃんが水沢事務所に就職できたのか」っていうお話になっています。

まあ、太一郎さん、『星へ行く船』の最後で、勝手にあゆみちゃん、『水沢総合事務所』にリクルートしてますからねえ。これをどうやって所長に呑ませたのかっていうお話であり——同時に、バタカップがあゆみちゃんの処《ところ》にきたお話でもあります。あゆみちゃんが、バタカップを飼うまでのお話。完全に生物が管理されている火星で、どうやってあゆみちゃんがバタカップにめぐり合ったのかという。


ついで、中谷広明《なかたにひろあき》編。

今回収録。

このひと、とにかく階段を上っているんですよね。それもまあ、三十何階って処まで、毎日毎日。本編では、何の説明もなく、とにかく「中谷君は階段を上るひとだ」っていう書き方だったので、これの説明を、どっかで一回したいかなーって思っていましたので、させていただきました。


で、この短編を書いてみて、思った！

中谷君がひたすら階段を上っていたせいで、体力があるのなら。（このひと、情報屋さんって設定で、実際そうなのに、なんか妙に体力がありそうなんですよねえ。この短編書いてみてやっと判った、そうか、こんだけずっと階段上ってるから体力があるんだ。）

ああ、了解、だから、私にも、体力があるんだ。

えと、私。

運動神経、ないです。運動能力、皆無に等しいです。小学校中学校高校大学と、運動関係の部活とはまったく縁のない人生を送ってまして、基礎運動能力、ないに等しいです。ですが、でも……でも、何故か、体力だけは、普通以上にあるみたいなんです。

うん。十五年くらい前から私、高脂血症って言われてて、お医者さまから運動を勧められていたんです。ここ数年は、〝運動を勧められて〟いるんじゃなくて、〝運動しなきゃいけない〟って怒られるようになりました。

んでもって、最近の私、できるだけ一日五キロ、歩くようにしています。いや、勿論、五キロを歩くことは結構大変なんだけれど、私、スポーツクラブに通っているんだよねー。ここなら、ある意味、五キロ歩くのって、楽勝なの。だって、ウォーキングマシンがあるじゃない、そこでずっと歩くだけなら……本、読みながら、歩けるじゃない？　本さえ、読んでいていいのなら。一時間でも二時間でも、私、歩き続けること、可能。――勿論、その時読んでいる本が面白いのならっていう前提条件はあるんですが――。しかも、いろいろ実験してみた結果、私、時速五・八キロまでなら、本を読みながら歩けることが判った。ということは、一時間くらい本を読みながら歩き続ければ、五キロはいっちゃうっていう話だよねえ。二時間本読んでいると、十キロいっちゃう。その時読んでいた本が面白ければ、気がつくと十キロ、歩いていたりします。

ただ。これが可能になるのには……少なくとも、時速五キロを超える速さで、二時間くらい歩き続ける体力が、私には必要だっていう話にならない？

そんで、運動音痴で、運動能力がまったくなく、過去、スポーツやった経験がまったくない、その上運動なんか絶対したくない私に、何故か、この、体力だけは、あるんだよねえ。

これ、おそらく、中谷君が、子供の頃からずっと、階段を上っていたのと同じ。子供の頃から。

私は本当に方向音痴で、迷子になってばっかりで……多分、その、せい。

以前、他の方が書いたお話で、方向音痴のひとが出てくるエピソードがありました。

その時、方向音痴のキャラクターに本当に迷惑かけられているひとが、「何故、ひとに道を聞かない？」って怒り狂うシーンがあったんだけれど……その作品中では、方向音痴のキャラクターが他人に道を聞かない理由をいろいろ書いてあったんだけれど……そして、方向音痴のキャラクター、絶対にひとに道を聞かず、間違った道を邁進して、より酷いことになったんだけれど……それ読んだ時、私は、心から、思ったんです。

ああ、この作家さんは、方向音痴じゃないんだな。

いや。だって。

本当に本当の方向音痴が、迷子になった時、〝ひとに道を聞かない訳がない〟！

当たり前です。

生まれた頃から〝方向音痴〟だったのなら、自分が道に迷った時、ひとに正解を求めない訳がない。だって、それって、本気で命に係わってしまうから。プライドや恥ずかしさがあって、ひとに道を聞けない、そんなひとは、とても軽い方向音痴です。ほんとの〝方向音痴〟は、そんな莫迦なプライドがあった場合、そもそも、今、生きてはいない。迷子になった挙げ句、どっかで野垂れ死んでいます。

本当の方向音痴だった私、高校時代、毎日、練馬区全図を持ち歩いておりました。

勿論、迷子にならなければ、これは必要ないのですが、迷子になった場合、これがなければ、家に帰れませんでした。まあ、これがあったって家に帰れるとは限らないのですが、でも、ないよりは、まし。電柱の地名表示を見て、何とか自分のいる現在地を推測したり、そこから次のルートを考えたり、最悪の場合、他人にこの地図を見せて、「私は今、どこにいるんでしょうか？」って聞くこと、できますし。（……「私は、今どこにいるんでしょうか？」多分、これ、考え得る限り、最も恥ずかしい質問に近いような気もするんですけどね、やってましたよ、これを私は、もう何回も。）

言い換えると。

本当の方向音痴には、「道に迷った時、ひとに道を聞かない」という選択肢は、ないんです。

自分だけの判断では、間違いなく道を間違える。

ただ……大問題なのは……「真正方向音痴は、迷子になった時、ひとに道を聞き、正しい道を教えてもらい、なのに、それでも、更に間違ってしまう」っていう事実、なのですけどね。

んで、私は、そんな真正の方向音痴でしたから。

気がつくと、うわあ、ほんと、中谷君じゃないんだけれど。

学校に通っているだけで、一時間以上歩いている（というか迷子になってる）のがしょっちゅうでしたので、私は、とても、歩くのが得意になったのでした。そのあとも、ひたすら迷子になるのが普通でしたので、二時間や三時間歩くのは、ま、普通。四時間、五時間、歩き続けることも（つーか、そのくらい迷子になり続けることも）、時にはありました。

かくて、こうして。体力だけは、自然についてしまったのだと思います。


って。

何の話を書いているのか、すでによく判らなくなってしまいました。

★

と、いうことで。とにかく。

このお話、読んでくださって、どうもありがとうございました。
気にいっていただけると、私としては、本当に嬉しいのですが。
そんで、もし。
もしも気にいっていただけたのなら、次のお話で、また、お目にかかりましょう――。

新井素子

2016年　7月

新井素子 ★ あらい・もとこ

1960年東京都生まれ。立教大学ドイツ文学科卒業。

77年、高校在学中に「あたしの中の……」が
第1回奇想天外SF新人賞佳作に入選し、デビュー。

少女作家として注目を集める。「あたし」という女性一人称を用い、
口語体で語る独特の文体で、以後多くのSFの傑作を世に送り出している。

81年「グリーン・レクイエム」で第12回星雲賞、82年「ネプチューン」で第13回星雲賞受賞。

99年『チグリスとユーフラテス』で第20回日本SF大賞をそれぞれ受賞。

『未来へ……』(角川春樹事務所)、『もいちどあなたにあいたいな』(新潮文庫)、

『イン・ザ・ヘブン』(新潮文庫)、『ダイエット物語……ただし猫』(中央公論新社)など、著書多数。

初出 ★ 本書は『通りすがりのレイディ』(1982年 集英社文庫 コバルト・シリーズ)を加筆修正し、書き下ろしを加えたものです。

星へ行く船シリーズ★2

通りすがりのレイディ

二〇一六年九月一六日　第一刷発行

著　者　新井素子
発行者　松岡綾
発行所　株式会社 出版芸術社
〒一〇二―〇〇七三
東京都千代田区九段北一―一五―一五 瑞鳥ビル
ＴＥＬ　〇三―三二六三―〇〇一七
ＦＡＸ　〇三―三二六三―〇〇一八
ＵＲＬ　http://www.spng.jp/
印刷・製本　中央精版印刷株式会社

ISBN 978-4-88293-492-9 C0093